KB114734

王侯將相

왕후장상

전혁 新무협 판타지 소설

# 왕후장상 1

전혁 新무협 판타지 소설

초판 1쇄 찍은 날 § 2014년 9월 22일
초판 1쇄 펴낸 날 § 2014년 9월 30일

지은이 § 전혁
펴낸이 § 서경석

편집부장 § 권태완
편집책임 § 박가연
디자인 § 신현아

펴낸곳 § 도서출판 청어람
등록번호 § 제387-1999-000006호
등록일자 § 1999. 5. 31
어람번호 § 제2-2529호

주소 § 경기도 부천시 원미구 부일로 483번길 40 서경B/D 3F (우) 420-822
전화 § 032-656-4452  팩스 § 032-656-4453
http://www.chungeoram.com
E-mail § chungeorambook@daum.net

ⓒ 전혁, 2014

ISBN 978-89-251-9214-1 04810
ISBN 978-89-251-9213-4 (세트)

目次

第一章

문서 위조

一

"아함!"

기지개를 켜기 위해 고개를 들자 어느새 날이 밝아오고 있었다.

"또 밤을 새웠군."

한번 집중하면 날이 가는 줄도 몰랐다. 아마 이런 열정으로 공부를 했다면 벌써 장원급제를 하고도 남았을 것이었다.

하나, 현실은 정반대였다. 아무리 생각해도 공부하는 머리는 따로 있는 모양이었다. 공부를 하려고 책만 펼치면 이상하게 하품부터 나오고 눈꺼풀이 무거워지기 때문이었다.

그래도 뭐, 대리 만족이랄까?

내가 이루지 못한 꿈을 다른 사람을 통해 이루는 것도 나쁘지 않았다.

"진 공자, 다 됐습니다."

"정말입니까?"

"청운서원 삼십팔 회 입학생에 수석으로 졸업한 것까지. 틀린 것이 있다면 말씀해 주십시오."

"오! 완벽합니다."

진세운의 눈빛은 감동으로 벅차오르고 있었다. 그도 그럴 것이 그의 손에 들려 있는 것은 다름 아닌 청운서원 졸업증명서였기 때문이었다.

청운서원!

중원 최고의 명문서원으로 모든 유생이 들어가길 학수고대하는 곳이었다. 일각에서는 장원급제하는 것보다 청운서원에 들어가는 것이 더 어렵다고 얘기할 정도였다. 이제 이 졸업증명서만 있으면 그의 인생은 새로 태어나게 될 것이었다.

그는 이제 어디든 취직할 수 있고, 누구와 연애하는 것도 가능했다. 당연히 조건 좋은 집안의 여인과 결혼하는 것도 불가능한 일이 아니었다.

"후후! 진 공자께서 만족하신다니 다행이군요."

내 실력은 내가 봐도 감탄이 나올 정도였다.

진짜보다 더 진짜 같은 가짜 졸업증명서!

그렇다.

나는 문서를 위조하는 일을 하고 있었다.

사기꾼이라고 욕을 한다면 무척 섭섭한 얘기일 것이다. 오히려 나는 학벌 때문에 꿈을 이루지 못하고 좌절하며 살아가는 사람들에게 꿈과 희망을 주고 있었다.

나는 내 능력이 이쪽 업계에서 최고라고 자부하고 있다. 지금까지 백여 건의 문서를 위조했지만 단 한 번도 들통 난 적이 없으니 말이다.

"여기 약속드린 백 냥입니다."

"이거 혹시 추적이 되는 관아 전용 전표는 아니겠지요?"

"예?"

"후후! 언짢게는 생각하지 마십시오. 요즘 관아의 추적이 하도 집요해서……. 제일전장에서 발행한 전표로군요."

일련번호도 진짜였다.

그렇다면 위조 전표는 아니고, 추적용 관아 전용 전표도 아니었다.

백 냥은 상당히 큰돈이었다. 일반 사 인 가족의 한 달 생활비가 칠팔 냥 정도였다. 하룻밤 사이에 일 년을 일해야 벌 수 있는 돈을 번 셈이었다.

진세운은 백 냥을 마련하기 위해 집이며 논밭마저 팔았지만 후회는 하지 않았다. 이렇게라도 해서 좋은 곳에 취직도 하고 부잣집 사위가 되면 그게 더 이득이기 때문이었다.

"쯧쯧, 그놈의 학벌이 뭔지."

이렇게 먹고살고는 있지만, 솔직히 이해하기 힘든 일이었다. 백 냥이 있으면 그 돈으로 장사라도 하든가.

그렇다고 누굴 탓하자는 게 아니었다. 학벌 때문에 먹고살고 있으니 나에게는 고객 한 명 한 명이 다 고마울 뿐이었다.

"일도 다 끝났겠다, 이제 슬슬 퇴근을 해볼까?"

자리에서 일어나 가발을 벗었다. 콧수염과 턱수염을 잡아떼자 준수하게 생긴 얼굴이 드러났다. 진세운이 보았던 나와는 전혀 다른 모습이었다.

만약을 위한 포석이었다. 혹시라도 일이 잘못되어 관병이 들이닥쳐도 고객 중 내 얼굴을 아는 사람은 한 명도 없었다. 맨얼굴을 드러내 놓고 작업을 하는 건 초보자들이나 하는 짓이었다.

집도 역시 마찬가지였다. 미치지 않고서야 집에서 작업을 할 리 없었다. 그건 일이 조금만 잘못돼도 바로 발각되기 때문이었다.

작업을 하는 곳은 따로 있었다. 마을 외곽에 위치한 곳으로 거의 다 쓰러져 가는 사당이었다. 누가 만들었는지 사당 지하에는 조그만 창고가 있었는데, 이곳이 바로 작업실이었다.

작업실로는 이만한 장소도 없었다. 사방이 탁 트인 데다 인적이 드물어서 누가 조금만 다가와도 금방 알 수 있었다.

나는 꽤 용의주도한 편이라 작업실에 지하 통로까지 만들었다. 비상시엔 안전하게 도망칠 수 있을 터였다.

잠깐!

이렇게 용의주도한 내가 고객은 어떻게 유치를 하냐고? 이쪽 업계에서는 문서를 위조하는 사람이 따로 있고, 고객을 유치하는 사람이 따로 있다. 만약을 위한 안전장치인 셈인데, 고객을 유치하는 사람을 중개인이라고 불렀다.

뭐, 언뜻 복잡해 보이지만, 관아의 추적을 피하기 위한 불가피한 선택이었다. 수익은 오 대 오로 나눈다. 가끔 억울하다는 생각도 들긴 했지만, 중개인이 없으면 일거리 자체도 없으니 울며 겨자 먹기로 할 수밖에 없었다.

중개인들은 대개 정상적인 일을 가지고 있는 경우가 많았다. 어떤 사람은 포목점을 하거나, 어떤 사람은 객잔을 운영하기도 했다. 그러다 고객이 찾아오면 철저한 신분 조회를 하고 이상이 없다 싶을 때에 본격적으로 작업에 들어가게 된다.

그렇다.

사기꾼들의 세계라고 무시할 수 없었다. 그 어디보다 세분화되고, 전문화되어 있기 때문이었다.

二

"수고했네, 기 공자!"

사당 밖으로 나오자 중년인 한 명이 서서 기다리고 있었다.

황보명! 그가 바로 중개인이었다. 평소에는 청화루란 기루를 운영하며 평범하게 살고 있어서 누구도 그가 중개인이라는 것을 모르고 있었다. 그는 내가 작업을 할 때 주변을 감시하는 역할도 맡고 있었다.

"돈은 지금 바로 전장에 가서 계좌로 넣어드릴게요."

"클클! 기 공자는 언제 봐도 화통해서 좋다니까. 한데 기 공자! 이번에 새로운 일이 들어왔는데, 해보지 않겠는가?"

"무슨 일인데 징그럽게 은근한 목소리로 말하는 겁니까?"

"무려 삼백 냥짜리 일일세. 대단하지 않나?"

"안 할랍니다."

일언지하에 거절했다. 더 이상 들을 필요도 없었다. 액수가 높으면 그만큼 위험부담이 크다는 소리. 가늘고 길게 사기 치고 사는 것이 내 생활신조였다.

"아니, 왜? 이런 대박이 어디 그리 흔한가? 다른 사람은 없어서 못 하는 일이네."

"그럼 그 사람들 찾아가세요."

"끙! 그러지 말고 한 번만 봐주게. 이번 일은 자네밖에 할 수 있는 사람이 없어."

이유는 바로 그것이었다.

"자네도 장 대인을 알고 있겠지?"

"중화상단의 그 장 대인 말입니까?"

"자네도 알고 있다니 설명하기 쉽겠군."

중화상단은 남경 제일의 상단을 꿈꾸고 있지만 매번 천하상단의 벽에 막혀 만년 이등을 면치 못하고 있었다. 특히 중화상단과 천하상단은 오랫동안 앙숙지간이었다. 중화상단의 단주 장우식이 청년 시절 사랑했던 여인을 천하상단의 단주에게 빼앗긴 것이 결정적이었다. 그 이후 장우식은 이를 갈고 상단의 일에 매달렸지만, 그때마다 번번이 천하상단의 높은 벽을 절감해야 했다.

"그래서 생각한 것이 투기였다네. 장 대인은 이십 년 전에 서령현 쪽에 땅을 많이 산 적이 있다네."

"호오? 그렇다면 돈 좀 많이 벌었겠군요. 십여 년 전부터 발전을 하기 시작했으니까요."

"근데, 그게 전혀 그렇지가 않으니까 문제 아니겠나."

"거기에도 천하상단이 개입한 겁니까?"

"그건 아니고, 자네 혹시 계원사라고 아나?"

"시내 외곽에 위치한 조그만 사찰 아닙니까?"

"역시 알고 있었군. 계원사가 있는 곳이 바로 서령현이란 말이네. 그리고 그 계원사가 정확하게 길목을 막고 있어서 관도도 만들지 못하고 있고, 발전을 저해하고 있는 형국이지."

"쯧쯧, 장 대인이 속을 끓일 만하겠군요."

한마디로 계원사만 없어지면 서량현은 엄청나게 발전을 하게 되고 장우식은 떼돈을 벌 수 있다는 소리였다.

하지만 그게 계원사의 문제는 아니었다. 계원사가 오십 년 전에 처음 세워질 때만 해도 서량현은 거의 허허벌판이었다. 그러다 조금씩 위락 시설이 들어서더니 지금은 상당히 번화한 곳으로 변했던 것이다.

"장 대인은 돈도 많으면서 계원사를 사들이면 되는 거 아닙니까?"

"쯧쯧, 누가 그걸 몰라서 그러겠나? 계원사에서 절대 팔지 않겠다고 고집을 부리니 이 말썽이지."

"그럼, 장 대인이 의뢰했다는 것이 설마?"

"험험! 아마 자네가 생각한 그 설마가 맞을 걸세. 가짜 매매계약서를 만들어 계원사를 이전시키는 것일세."

"안 합니다, 안 해요. 매매계약서를 만들려면 원본이 필요합니다."

"그거야 그렇지."

"원본을 확인하려면 제가 직접 계원사를 찾아가야 하구요."

일이 잘못되면 가장 먼저 용의선상에 오르는 사람이 바로 자신이었다. 절대 남들 눈에 띄는 행동은 하지 않는 게 그의 원칙이었다.

"안 합니다, 절대 안 할 거예요. 아저씨도 제가 위험부담이 큰 일은 안 한다는 걸 알고 계시지 않습니까?"

"그거야 그렇긴 하지만……. 이번 한 번만 도와주게. 장 대인은 우리 기루의 중요한 손님일세. 장 대인이 다른 기루로

가면 나 역시 엄청난 타격을 받는단 말일세."

"흐음."

황보명이 이렇게까지 부탁하는 걸 본 적이 없었다.

"좋습니다. 그동안 아저씨에게 신세진 것도 많고 하니 이번 한 번만 원칙을 깨죠."

"고, 고맙네. 정말 고마워!"

"대신 조건이 있습니다."

"말해보게."

"오백 냥을 주십시오."

"헉? 오, 오백 냥을?"

삼백 냥도 많았다. 하물며 오백 냥은 상상을 초월하는 액수였다.

"아저씨와도 안 나눌 겁니다. 그 밑으로는 절대 안 할 거니까 더 이상 타협은 없습니다."

"흐음……. 알겠네. 장 대인을 만나서 한번 말해보겠네."

지독한 놈! 조금만 몫을 나눠달라고 하면 바로 뒤돌아설 기세였다. 황보명은 속으로 욕을 했지만, 부탁하는 처지인지라 아얏 소리도 하지 못했다.

三

남경은 강소성의 성도였다.

한때는 명나라의 수도이기도 했지만, 지금은 북경으로 천도한 상태였다.

하지만 여전히 남경의 문화는 천하를 주도하고 있다고 해도 과언이 아니었다. 그중에서도 대명전장은 천하의 모든 전장에서 운영 방식을 따라하고 있을 정도로 그 영향력이 대단했다. 오죽하면 북경으로 천도를 한 대명황실에서 아직까지 주거래 전장을 다른 전장으로 바꾸지 못했을 정도였다.

대명전장은 오늘도 문을 열기 무섭게 많은 사람이 몰려와 인산인해를 이루었다. 한 번 입금을 하려거나 계좌를 개설하려면 반 시진 정도는 줄을 서서 기다리는 게 기본이었다. 하나, 그렇지 않은 경우도 있었다. 문득 젊은 청년이 문을 열고 들어서자 안내를 맡고 있던 여인이 황급히 달려가 안으로 데려갔다.

"쩝! 나는 아직도 반각은 더 기다려야 하는데, 오자마자 이거 저래도 되는 거야?"

"모두가 줄을 서서 기다리는데, 왜 저 청년은 안으로 들여보내 주는 건데?"

여기저기서 화가 난 사람들이 투덜거렸다.

그때 누군가가 말했다.

"쯧쯧, 아무것도 모르시나 본데, 원래 우수고객에겐 혜택이 주어집니다. 업무 편의를 봐주는 것이 그중 하나이죠."

다들 그런 말을 들어본 것 같긴 했다. 물론 흔한 일이 아니라서 본 적이 없었을 뿐이었다.

"엑? 그럼, 저 청년이 대명전장의 우수고객이란 말이오?"

말도 안 돼!

청년은 이제 겨우 스물서너 살 정도밖에 되어 보이지 않았다.

대명전장은 중원 최대 규모를 자랑하는 곳이거늘 이곳의 우수고객이라면 도대체 돈이 얼마나 많다는 소린가?

"이름이 기무결이라고 했던가? 나도 지나가는 얘기로 들은 게 전부이긴 하지만, 선친에게 물려받은 유산이 꽤 된다고 합디다."

"제길, 유산이란다. 사람은 이래서 출생이 중요한 거야."

"쳇, 배 아파 죽겠군. 내가 물려받은 거라고는 찢어지게 가난한 것밖에 없는데."

"한데 그런 소문을 왜 우린 여태 들어본 적이 없지?"

"이곳 출생이 아니니까 그럴 것이오."

"그러면 그렇지. 어쩐지 처음 보는 인물이다 싶더라니."

"하면 남경에 온 지는 얼마 안 된 모양이구려."

"꼭 그렇지도 않소. 아마 삼 년 전일 거요. 서원에서 공부도 하고 친구들과 바둑을 두며 지내는 것도 몇 번 본 적이 있소. 참, 자선사업도 하는 것으로 알고 있소."

"이건 뭐 한마디로 한량이란 소리네."

"쩝! 부럽네, 부러워. 그래도 자선사업을 한다니 뭐라 욕할

것도 없잖아?'

사람들의 한숨과 탄식을 뒤로하고 기무결은 살며시 얼굴을 찌푸렸다. 그는 최대한 조용히 지낸다고 지냈지만, 어느새 자신에 대한 소문이 하나둘 퍼지고 있는 것 같았다. 결코 좋은 현상이 아니었다.

'쯧쯧, 아무래도 남경을 떠야 할 때가 온 것 같다.'

지난 삼 년 동안 정이 많이 들었는데 아쉬운 생각이 들었다.

하지만 미련은 없었다. 앞으로 어디로 가야 할지는 또 고민해서 결정할 일이었다.

전에 살던 곳에서는 갓 전입 온 관병 행세를 하며 지냈었다.

문서 위조는 그의 전문 분야였다. 공문서 위조 역시 마찬가지였다. 남들은 공문서 위조를 어려워했지만, 그는 사문서 위조보다 오히려 공문서 위조가 더 편했다.

더구나 그가 선택했던 곳은 궁벽한 산골 마을이었다. 때문에 확인 절차도 없거니와 확인을 하는 것조차 어려웠다. 덕분에 별로 들킬 염려가 없었고, 관아의 눈치 보지 않고 편하게 지낼 수 있었다.

하나, 이 년이 지난 뒤 새로운 관병이 온다는 말에 허겁지겁 도망쳐 빠져나왔다. 아마 조금만 늦었어도 가짜 관병 행세가 발각되었을지도 몰랐다.

'클클! 그때가 재밌긴 했지. 이번에는 유유자적한 서생이었는데, 다음에는 무슨 신분으로 위장을 해서 살아볼까?'

어쩌면 오늘이 대명전장에 오는 마지막 날인지도 몰랐다.

대명전장은 기무결이 사용하는 주거래 전장이었다.

그는 누구도 믿지 않았다. 돈이 생기면 무조건 자신이 직접 전장에 와서 입금시키곤 했다.

아무튼, 지금까지 모은 돈이 일만 냥이 조금 넘었다. 당연히 대명전장 측에서는 우수고객인 셈이었다. 기무결은 매달 나오는 이자만으로도 남부럽지 않은 생활을 하고 있었다.

자선사업을 하는 것은 사실이었다. 그는 고아원을 두어 곳 후원하고 있었는데, 머리에 칼을 맞지 않는 이상 고아들이 불쌍해서 도와줄 리 없었다.

신분 세탁!

그 이상도 이하도 아니었다.

사람들의 이목을 속이고, 범죄와는 거리가 멀게 보이기 위한 위장 전술에 불과했다. 서원에 다니는 것 역시 마찬가지였다. 빈둥빈둥 놀면서 후원을 하는 것보단 든든한 직장에 다니든가 공부하는 것이 가장 효과적이기 때문이었다.

四

"공자님, 오늘도 입금만 처리해 드릴까요?"

"아! 오늘은 이쪽으로 백 냥을 이체해 주십시오."

기무결이 내민 종이에는 황보명의 계좌 번호가 적혀 있었다.

"알겠습니다. 잠시만 앉아서 기다리십시오."

이름이 소혜라고 했던가?

뭐, 대충 비슷한 것 같았다. 몇 번 듣긴 했지만 한 시진도 안 되어서 까먹곤 했다. 우수고객이 말단 직원의 이름까지 외우고 다닐 필요까지는 없었다. 이런 것이 우수고객만이 누릴 수 있는 특권일 것이다.

소혜는 기무결이 올 때마다 눈웃음을 지으며 자신의 매력을 한껏 발산해 보였다. 젊고 잘생긴데다 돈까지 많으니 이런 사람 눈에 띄면 팔자 고치는 건 시간문제였다.

하나 기무결은 그녀의 모습에 반응 한 번 보이지 않았다. 음식 잘못 먹으면 체하듯 여자 한 번 잘못 건드렸다가 인생 좆 나는 수가 있었다.

그는 최대한 돈을 많이 벌고 나면 아무런 미련 없이 이쪽 세계를 은퇴할 생각이었다.

목표는 십만 냥.

이제 겨우 일만 냥을 모았으니 가야 할 길이 까마득하게 많이 남아 있지만, 솔직히 그 정도는 해야 남은 인생을 떵떵 거리며 살 수 있을 것이었다.

물론 결혼이라는 것도 그때 이후에나 생각할 수 있을 터.

지금은 관아에 꼬리 잡힐 만한 여지를 남겨두지 않는 것이 중요했다.

한편, 대기실도 우수고객이 누릴 수 있는 특권 중 하나였다. 대기실은 그 전장의 품격을 대표한다는 말이 있다.

직원들이 업무를 대신 처리해 주는 시간은 그리 길지 않지만, 돈이 많은 부자들이나 지역 유지들의 마음을 사로잡으려면 최대한 화려하고 아름답게 꾸며야 가능한 법이다.

그래서일까? 대기실은 최고급 객잔에 들어선 느낌이 날 정도로 화려하기 그지없었다.

우수고객들은 이곳에서 서로의 안부도 묻고 담소도 나누며 사업 정보도 공유한다.

대명전장의 대기실은 단순히 업무 편의를 봐주는 곳이 아니라 지역 유지들이나 부자들의 사교를 위한 장으로 변해 있었다.

오늘도 이미 십여 명의 우수고객이 먼저 와서 담소를 나누고 있었다. 기무결도 지난 삼 년 동안 그들과 알고 지내오던 터였다. 그들 중에는 돈을 찾거나 입금하기 위해 온 사람도 있지만, 그냥 정보를 얻으려고 나온 사람도 있었다.

"기 공자 왔나?"

"공 대인께서는 벌써 나와 계시네요."

"핫핫! 요즘은 매일 출근 도장을 찍는다네. 여기만큼 고급 정보를 얻을 곳도 없지 않나?"

"그래서 정보는 좀 얻었습니까?"

"요즘엔 영 신통치가 않아 죽을 맛이네."

그들이 공유하는 사업 정보는 굵직굵직한 것이 많았다.

어떤 경우는 일 년 뒤에나 벌어질 개발 지역을 미리 알아내 싹쓸이 투자를 해서 떼돈을 벌기도 한다. 기무결도 미리 정보를 알고 투자를 해서 재미를 본 적이 있었다.

"후훗! 소생에게 좋은 정보가 있는데… 어떻게 한번 들어보시겠습니까?"

"오! 그게 정말인가?"

"확실한 정보입니다. 그리고 투자만 하면 막대한 돈을 버는 건 떼놓은 당상이지요."

사람들의 눈이 반짝거렸다.

의자를 바짝 끌어당겨 기무결 가까이 다가가는 사람도 있었다.

"어서 말해보게. 자네가 삼 년 만에 처음 내놓는 사업 정보이니 벌써부터 엄청 대단할 것 같은 느낌이 드는군."

"하지만 그냥은 못 드립니다."

"끙! 원하는 게 뭔가?"

"소생이 이번 정보를 알아내기 위해 꽤 많은 돈을 썼습니다."

"하긴, 고급 정보일수록 뇌물은 필수지."

"그래서 얼마를 원하나?"

다들 척이면 착이었다.

정보가 곧 돈인 법.

공짜로 사업 정보를 공유하는 사람은 한 명도 없었다.

기무결도 망설이지 않고 말했다.

"한 사람 앞에 백 냥씩만 주십시오."

"허! 백 냥은 너무 많지 않나?"

"결코 많지 않습니다. 다들 장 대인을 아실 겁니다."

"중화상단의 그 장 대인 말인가?"

"바로 그렇습니다. 장 대인과 관련된 정보인데, 이래도 백 냥이 많다고 하실 겁니까?"

"으음……."

우수고객들이 서로를 쳐다보았다. 장 대인과 관련된 정보라면 확실히 큰돈을 벌 수 있을 것 같았다.

"좋아, 들어보도록 하지. 하지만, 정보가 잘못된 것이라면 그에 대한 책임을 져야 할 걸세."

"핫핫! 그야 여부가 있겠습니까?"

그는 곧바로 장 대인과 계원사의 관계를 설명해 주었다. 우수고객들은 기무결의 말을 들으며 연신 고개를 끄덕였다.

"그러니까 지금 장 대인이 매매계약서를 위조해서 계원사를 이전시킬 생각이란 말인가?"

"어헛! 이건 정말 일급비밀입니다. 소생도 이 정보를 알아내기 위해 얼마나 고생한 줄 아십니까?"

고생은 개뿔!

오히려 황보명에게 오백 냥을 받아 챙기지 않았던가? 이젠 그 정보를 이용해 앉은 자리에서 천 냥도 넘는 돈을 벌게 된 셈이었다. 이런 식으로 또 돈을 벌 수 있으리라고는 황보명도 몰랐을 터. 아마 나중에라도 황보명이 알면 거품을 물고 쓰러질 일이었다.

"이게 사실이라면 정말 대박 정보로군."

"한데, 매매계약서를 위조할 사람은 구한 건가? 그게 그리 쉬운 일은 아니라고 들었네."

"이미 구한 모양입니다. 조만간에 계원사 사건이 남경을 진동할 테니 그때 가서 놀라지나 마십시오."

"정말 고맙네."

"자네 덕분에 오랜 만에 돈 좀 굴려보게 생겼군그래."

크크, 그건 기무결이 할 소리였다.

유종의 미라고나 할까? 이제 정말 떠날 때가 된 것 같았다. 마지막으로 크게 한탕 하고 떠나는 것도 나쁘지 않았다.

'후훗! 다음에 위장할 신분을 찾았다. 전장의 직원이 되어 보는 것도 나쁘지 않겠어.'

第二章

천무은형자종대법

一

남문대로 끝자락에 오래된 장원이 한 채 서 있었다. 마을과는 동떨어져 있어서 사람의 왕래도 별로 없고 조용한 기운이 감도는 장원이었다.

끼익!

장원의 대문을 열고 기무결이 안으로 들어섰다. 정원은 의외로 아담하고 잘 꾸며져 있었다.

이곳은 삼 년 전까지만 해도 폐가였었다.

한데 기무결은 사람들의 왕래가 없다는 것이 마음에 들어 냉큼 사들였던 것이다.

집 안에는 그 흔한 시녀나 하인 한 명 없었다. 원래 사람을 믿는 성격이 아닌데다, 어려서부터 밥이나 빨래 등은 혼자서 척척 해왔기 때문에 따로 사람이 필요하지도 않았다.

"옷만 갈아입고 다시 나가봐야겠군."

시간은 어느새 미시(오후 1~3시)를 넘어서고 있었다. 그는 매매계약서 건을 마지막으로 크게 한탕 하고 이곳을 떠날 생각이었다.

문서를 위조하려면 준비가 필요했다. 사전 답사라고 해야 할 것이다. 호랑이를 잡으려면 호랑이 굴 속으로 들어가야 하듯 문서가 어떻게 생겼는지 봐야 위조를 해도 할 수 있었다.

기무결은 염주라도 하나 사서 신자 행세를 하고 자연스럽게 계원사를 둘러볼 생각이었다.

"응?"

현관문을 열려는 순간, 기무결의 눈빛이 반짝거렸다.

'누군가 침입한 흔적이 있다.'

현관문 주변에는 기무결만 알 수 있는 특별한 장치가 되어 있었다. 누군가 무단으로 침입할 경우 살짝 틈이 벌어지게 되어 있었다. 이미 돌아서 나가기에는 너무 늦은 뒤였다. 문을 열고 들어갔던 사람이 다시 밖으로 나오면 두 번째 표식이 나야 하는데, 전혀 그런 흔적이 없었던 것이다.

'그렇다면 집 안에서 나를 기다리고 있다는 뜻이다.'

기무결은 원래 치밀한 성격이었다.

더구나 원래 뒤가 구린 사람일수록 매사에 조심하는 법

이다.

누군지 확인할 길이 없었다. 이곳에서 그의 정체를 알고 있는 사람은 황보명 한 명뿐이었다. 하지만 분명한 게 하나 있다. 선자불래, 래자불선이라 했다. 착한 사람은 찾아오지 않고 찾아오는 사람은 나쁜 사람이라는 점이다.

"어이, 기 공자! 안에 있나?"

그는 황당하게도 자신의 이름을 부르며 문을 열고 안으로 들어섰다.

엄청난 임기응변!

기무결은 그 짧은 순간에 전혀 다른 사람인 양 연극한 것이었다.

바로 그때였다.

하얀빛이 번쩍이며 그의 목을 향해 두 개의 검이 겨누어졌다.

"네놈은 누구냐?"

그렇게 묻는 사람은 관복을 입고 있었다. 방 안에는 자신에게 검을 겨누는 자 말고도 대여섯 명이 더 있었고, 방 안의 물건은 온통 어지럽게 널브러져 있었다. 무언가를 찾고 있었던 것 같았다.

'평범한 관병들이 아니다.'

기무결은 그 짧은 순간에도 눈썰미를 발휘해 관병들의 모습을 살펴보았다. 그들의 가슴에는 감찰이란 글자가 적혀 있었다.

황실에는 무림을 감시하는 조직이 있는데, 그곳이 바로 감찰총국이었다. 동창이 무섭다고는 하나 감찰총국 앞에는 어린애 수준에 불과했다.

하지만 그는 무림인도 아니었고, 감찰총국에 쫓길 이유가 없었다.

"사, 살려주십시오."

"네놈이 누구냐고 물었다?"

"소… 소생은 두가장의 두, 두팔모라 합니다."

"두가장? 북문대로에서 포목점을 운영하는 그 두가장 말이냐?"

"그, 그렇습니다."

두가장이 운영하는 포목점은 그리 크지 않았다. 그렇다는 건 감찰총국이 어지간한 곳의 정보는 모두 알고 있다는 뜻이었다.

'감찰총국… 역시 무서운 곳이다.'

기무결은 잔뜩 긴장했다. 조금의 실수도 용납되지 않았다. 감찰총국이 무엇 때문에 자신을 찾는지 알 수 없었다. 조금의 실수라도 하는 날엔 정체가 들통 나고 말 것이었다. 그나마 아직 자신의 얼굴을 자세히는 모르는 것 같았다. 하긴, 문서를 위조할 때면 항상 변장을 하지 않았던가?

"네놈은 기무결과 무슨 사이냐?"

"서원에서 같이 동문수학하고 있습니다."

기무결의 말에는 조금의 빈틈도 없었다. 그는 언제고 이런 상황을 염두에 두고 두팔모와는 가끔 바둑도 두고 술도 마시며 친분을 쌓았던 것이다. 무엇보다 자신과 나이와 체구가 비슷해서 만약의 상황을 대비하기에는 적임자라 판단, 가짜 호패까지 만들어놓았다.

"신분증을 보여라."

"여, 여기 호패가 있습니다."

기무결이 재빨리 오른쪽 소매에서 호패를 꺼냈다. 문서 위조에 도통한 그에게 호패 정도는 눈을 감고도 만들 수 있는 것이었다.

감찰총국의 요원들은 호패를 확인하더니 검을 거두었다.

"네놈은 무슨 일로 이곳에 찾아온 것이냐?"

"기 공자가 오늘 서원에 나오지 않아서 혹시 어디 아픈가 싶어서……."

기무결은 등 뒤로 식은땀이 흘러내렸다. 만약 감찰총국의 요원들이 왼쪽 소매를 확인하면 끝장이었다. 거기에 자신의 호패가 있기 때문이었다.

하나, 천하의 감찰총국 요원들도 평소에 호패를 두 개나 준비해서 가지고 다니는 사람이 있으리라고는 꿈에도 생각하지 못했다.

"우린 감찰총국에서 나왔다."

"헉? 가, 감찰총국! 설마 기 공자가 무림인이었단 말입니까? 소, 소인은 전혀 몰랐습니다."

"한심한 놈. 묻는 말에나 대답해라."

"아, 알겠습니다."

"기무결이 어디 갈 만한 곳을 모르느냐?"

"그, 글쎄요. 딱히 생각나는 곳은… 기 공자는 가끔 강에 나가서 낚시를 하긴 하지만, 그건 서원에서 수업이 끝나고 난 다음입니다. 자선사업을 한다고는 들었지만, 이 시간에 간 적은 한 번도 없습니다."

굳이 거짓말로 둘러댈 필요가 없었다.

그는 평소 자신의 행적에 대해 낱낱이 얘기했다.

"네놈의 말이 모두 사실이렷다?"

"만에 하나 조금이라도 거짓이 있다면 네놈은 물론 네놈 집안까지 무사하지 못할 것이다."

"저, 정말입니다. 기 공자가 어디 있는지 알고 있다면 소생이 굳이 여기까지 찾아올 리 없지 않습니까?"

"흐음… 그도 그렇군."

감찰총국의 요원들이 눈살을 찌푸렸다. 얘기를 종합해 보면 아무래도 도망친 것 같았다.

"부국주님, 혹시 그 늙은이가 알려준 게 아닐까요?"

"그만!"

문득 창가에 앉아 있던 자가 조용히 일어서며 말했다.

"예, 부국주님!"

요원들이 고개를 조아리며 뒤로 물러섰다.

감찰총국의 부국주는 오직 한 명. 바로 사도옥이라는 자였다. 그는 삼십 대 초반의 나이에 감찰총국의 부국주가 된 입지전적의 인물이었다. 또한 감찰총국이 동창을 밀어내고 황실 최고의 특무기관으로 올라서는 데 혁혁한 공을 세우기도 했다.

기무결도 들은 적이 있었다. 그의 성격은 늑대보다 사납고 이리처럼 잔인하며 여우보다 더 교활하다고 알려져 있었다.

'사도옥이 직접 왔단 말인가?'

뭔지는 모르지만 생각보다 사태가 심각했다.

그때 사도옥이 수하들을 향해 말했다.

"기무결이 우리가 올 걸 미리 알고 도망치진 못했을 것이다. 아직 남경 어딘가에 있을 터. 일단 두팔모가 얘기한 곳부터 모두 확인한다."

"알겠습니다, 부국주님!"

감찰총국의 요원들이 재빨리 밖으로 빠져나갔다. 사도옥도 밖으로 향하다 말고 문득 기무결을 돌아보며 말했다.

"혹시라도 기무결을 보면 바로 남경지부로 연락하라."

숨겨주었다가 걸리면 가만두지 않겠다는 무언의 협박이기도 했다.

"여, 여부가 있겠습니까?"

기무결이 머리를 바닥에 조아린 뒤 고개를 들었을 때는 이미 사도옥은 저 멀리 사라지고 난 뒤였다.

二

　"휴!"
　십 년은 감수한 기분이었다.
　하지만 마냥 넋 놓고 앉아 있을 때가 아니었다. 감찰총국이 자신을 쫓고 있는 이상 오래지 않아 거짓말이 들통 날 게 뻔했다.
　"한데, 왜 나를 쫓고 있는 거지?"
　그의 눈에 난장판으로 변한 집 안의 풍경이 들어왔다.
　"늙은이라고?"
　분명 그렇게 말했었다.
　하나 그가 문서를 위조해 준 사람은 거의 모두 젊은 유생이었다.
　"자, 잠깐! 혹시 그 영감을 말한 거 아닐까?"
　기무결은 문득 이 년 전 일이 떠올랐다. 당시 그는 후원하던 고아원에 가서 아이들에게 필요한 물품을 전해주고 나오는 중이었다.
　한데 어떤 노인이 부상을 입고 고아원 앞에 쓰러져 있는 게 아닌가? 아마 평소였다면 모른 척 외면했을 것이었다.

그는 남의 일에 참견하는 성격도 아니었고, 노인의 상처는 전형적인 무림인들 사이에 싸우다 생긴 것이었다. 모진 놈 옆에 있다가 날벼락 맞는다고 괜히 노인의 일에 참견했다가 자신까지 연루되어 곤경에 처할 게 뻔했기 때문이었다.

하지만 당시 고아원에는 보는 눈이 많았다. 더구나 그때까지 그는 불쌍한 아이들을 물심양면 후원하는 사람이었다. 노인을 외면하면 자신의 온화한 인상이 완전히 깨질 수도 있었다.

기무결은 하는 수 없이 의원을 불러 노인을 치료해 주었다. 기무결은 노인을 살려내기 위해 상당한 돈을 지불해야 했다. 기왕 시작한 거 노인이 빨리 회복해서 떠날 수 있도록 모든 편의를 제공했다.

그랬다면 최소한 고마움은 알아야 정상이다. 인간이라면 그래야 정상이었다. 한데 정확히 삼 일째 되는 날, 노인은 누군가에게 쫓기고 있는 듯 온전치 못한 몸을 이끌고 떠나려고 했다.

그때, 노인의 입에서 나온 말이 대박이었다.

"돈이 없어서 그러니 백 냥만 빌려주게."

기무결은 자신의 귀를 의심할 지경이었다.

한 냥도 어림없는 판에 백 냥?

'이야, 이 영감 상당히 염치없는 늙탱일세. 땅을 파봐, 이 양반아! 돈이 한 푼이라도 나오나.'

그래도 대놓고 얘기하지 못한 건 빌어먹을 놈의 인자한 척 해야 하는 모습 때문이었다.

"나는 자네가 생각하는 그런 염치없는 사람이 아닐세."

"그렇게 말하는 모습이 더 뻔뻔한 법이죠."

"으음. 지금은 가진 돈이 한 푼도 없지만, 노부는 조만간에 천하제일의 거부가 될 몸일세."

"얼씨구! 지금 나를 무슨 바보 천치로 생각하는 겁니까?"

으으.

이쯤 되면 노인도 화가 날 수밖에 없었다.

하지만 돈을 빌리는 처지라 머리 꼭대기까지 치밀어 오른 화를 꾹꾹 눌러 참았다.

"자네가 믿지 않고 있다는 건 알고 있네. 노부는 절대 공짜로 빌려달라는 것이 아닐세."

노인은 가급적 내놓으려 하지 않았지만, 기무결의 기세가 하도 완강해서 어쩔 수 없이 자신의 물건을 맡겼다. 칼날이 부러지고 잔뜩 녹이 슬어 정말 볼품없는 칼이었다.

"그래, 그 칼!"

노인은 정말 중요한 물건이니 잘 보관해 달라고 신신당부 했었다. 그리고 반년 안으로 반드시 찾으러 온다는 말도 덧붙였다.

하지만 노인은 반년이 아니라 이 년이 지난 지금까지도 깜깜무소식이었다.

기무결은 애초에 노인이 찾으러 오리라는 생각은 아예 하지도 않았었다. 그렇게 볼품없는 칼이 무에 그리 중요한 물건이라고. 그저 돈은 궁한데 수중에 녹이 낀 칼밖에 없어서 맡긴 것뿐이라 생각했다.

천하제일의 거부?

웃기는 소리. 길거리에서 굶어 뒈지지나 않으면 다행일 것이었다.

아무튼, 지금 감찰총국과 노인의 접점을 찾으라면 역시 그 칼밖에 떠오르는 것이 없었다.

기무결은 이 년 전 일이라 칼을 어디다 두었는지 언뜻 생각나지 않았다.

"아! 지하실이다."

그는 즉시 부엌으로 달려갔다. 그리고는 한쪽 위에 걸려 있던 선반을 밑으로 내리자 바닥에서 쿵 하는 소리와 함께 한 사람 정도 들어갈 공간이 나오는 것이 아닌가? 기무결은 재빠르게 밑으로 내려갔다.

지하실은 그리 넓지 않았지만, 한 달 동안 생활할 수 있는 음식과 물이 있었다. 원래 장원에는 없던 설계였는데, 삼 년 전 기무결이 들어와 살면서 만든 장소였다. 노인이 맡긴 칼은 선반 위에 있었다.

"감찰총국에서 찾는 게 정말 이 칼일까?"

아무래도 아닌 것 같았다. 이런 칼로는 썩은 무도 자르기 어려웠다. 더구나 정상적이라 해도 이 칼을 사용할 수 있는 사람이 과연 몇 명이나 될지 의문이었다. 그도 그럴 것이 칼은 손잡이가 크고 두꺼워서 체구가 어지간히 큰 사람이 아니면 사용하기 어려워 보였다. 그 외에는 특별히 이상한 곳은 없었다. 그 흔한 장신구 하나 없었다.

"잠깐! 손잡이가 너무 크다고?"

뭔가 조화가 맞지 않았다. 이런 크기는 뭔가를 숨기기에 적당해 보였다.

기무결은 한참 동안 칼을 들여다보다 문득 녹슨 부위에 미세하게 틈이 있다는 것을 발견했다. 바로 칼날 중간 부분이었다.

"혹시?"

기무결은 즉시 틈이 있는 부위를 돌려보았다. 처음에는 녹이 끼어서 잘 돌아가지 않았지만, 한참을 힘을 주어 돌리자 끼익 하고 돌아갔다.

툭!

문득 낡은 책자 한 권이 떨어졌다.

—천무은형잠종대법(天霧隱形潛蹤大法).

기무결의 두 눈이 크게 치떠졌다. 무림의 세계와는 전혀 관련이 없는 그였지만, 천무은형잠종대법이 무엇인지는 너무 잘 알고 있었기 때문이었다.

천무은형잠종대법 오백 년 전 죽음의 천자라 불렸던 살수천자의 비급이었다.

무림에는 고금오대마학이라는 결코 익혀서는 안 되는 다섯 가지 무공이 있었다. 천무은형잠종대법은 그중 하나였다. 당시 살수천자의 손에 정파와 마도는 물론이고 새외와 변황무림의 고수가 오백 명 넘게 죽었는데, 하나같이 절정에 오른 고수였다.

살수천자는 살행을 하기 전에 반드시 찾아갈 것을 예고했다. 때문에 철통같은 경계망이 펼쳐진 것은 당연지사. 하지만 살수천자는 그들을 비웃기라도 하듯 그가 예고한 시간에 정확하게 살행을 끝마치고 사라졌다.

이에 정파와 마도는 거짓으로 청부를 하고 함정을 꾸몄다. 주변에 수천 명의 고수를 숨겨두고 살수천자가 찾아오기만을 기다렸다. 이것이 정파와 마도무림의 첫 번째 연합이었다.

아무튼, 살수천자는 함정인지도 모른 채 정확한 시간에 찾아왔다. 순간 수천 명의 고수가 일거에 달려들어 합공을 펼쳤지만, 천 명이 넘는 연합군만 죽은 채 살수천자를 놓치고 말았다. 그야말로 가공할 무학이었다.

하지만 그 이후 살수천자도 더 이상 무림에 나타나지 않았다. 일각에서는 당시 살수천자도 상당한 부상을 입어 그때의 후유증으로 죽었다고 했다.

그렇다고 정파와 마도무림은 안심하지 않았다. 그들은 천무은형잠종대법을 고금오대마학 중 하나로 선포했고, 절대 익혀서도 안 되고 보아서도 안 되는 금지된 무공으로 정했던 것이다.

그것이 오백 년이 지난 지금까지 전해져 내려오고 있었지만, 워낙 시간이 많이 흘러서 지금은 하나의 전설로 여겨지고 있었다.

천무은형잠종대법.

기무결은 감찰총국에서 사도옥까지 출동해서 찾고 있는 이유를 드디어 알 수 있었다.


三


저 멀리 시내가 보였다. 수하 중 몇 명은 강가로 보냈고, 사도옥은 고아원을 탐문해 볼 생각이었다. 한데 이상하게 아까부터 뭔가를 놓고 온 듯한 기분이었다.

'왠지 찜찜하다. 그게 뭘까?'

마치 큰걸 보고도 뒤를 닦지 않은 기분이었다. 그가 연신 고개를 갸웃거리며 길을 재촉하다가 갑자기 걸음을 멈춰 섰다. 무언가 번쩍 하고 머릿속을 스쳐 지나갔다.

"아까 두팔모란 자가 호패를 어느 쪽 소매에서 꺼냈느냐?"

"오른쪽입니다."

"너희는 평소 물건을 어느 쪽에 두느냐?"

"소관들이야 당연히 오른손잡이이니 왼쪽에 두는 게 편하죠."

"그건 나 역시 그렇다."

찜찜했던 기분이 바로 이것이었다.

기무결이 문을 열고 들어올 때 사용했던 손이 오른손이었다. 사람은 본능적으로 자주 사용하는 팔을 사용하게 마련이다.

그것뿐만이 아니었다. 그는 이미 기무결의 온몸을 훑어보았었다. 그때 왼손보다 오른손이 더 발달해 있다는 것을 확인했던 것이다.

"놈은 틀림없는 오른손잡이다. 한데 호패를 오른쪽에 둔다?"

"아!"

수하들도 뭔가 이상한 기운을 감지했다.

"그, 그럼 설마?"

"그자가 기무결이었다."

사도옥은 뒤늦게 속은 걸 깨닫고 이를 갈았다. 너무 방심한 것이다. 기무결이 처음 문을 열고 들어설 때 너무 자연스럽게 다른 사람인 양 연기한 탓에 별다른 의심조차 하지 않았던 것이 실수였다.

천하의 사도옥이 눈앞에서 먹이를 놓칠 줄이야.

그의 자존심에 금이 가는 소리가 들렸다.

"찢어 죽일 놈! 감히 본관을 농락하고도 네놈이 무사할 성싶으냐?"

그의 눈에서 살기가 일었다. 이제 기무결에게 살수천자의 유물이 있든 없든 결과는 매한가지. 오직 죽음뿐이었다.

아직 시간이 그리 많이 흐르지 않았다. 도망쳐 봐야 부처님 손바닥 안이었다.

사도옥이 장원에 도착한 것은 이각이 채 되지 않아서였다. 장원에는 아무도 없었다. 역시 예상한 일이었다.

"장원 곳곳을 찾아봐라. 분명 밀실이 있을 것이다."

그토록 치밀하고 교활한 놈이 자기 피할 여우 굴 하나 안 만들었을 리 없었다. 얼마 지나지 않아 수하들이 그를 불렀다.

"부국주님, 부엌에 지하실이 있습니다."

"흥!"

사도옥이 차갑게 코웃음 쳤다.

집 안을 확인하지 않고 무작정 찾으려 했다면 시간이 더 늦어졌을 것이었다.

"이제 네놈의 수법은 훤히 보인다. 지금쯤 얼마나 도망쳤는지 볼까?"

그가 지하실 밑으로 내려갔다. 이것저것을 만져 보다 선반을 내리자 지하실 한쪽 벽이 그그궁 소리를 내며 움직이기 시작했다. 바로 비밀 통로였던 것이다.

四

비밀 통로는 임시방편이었다.

어지간한 사람들에게는 통할지 모르겠지만, 감찰총국의 눈은 피하기 어렵다는 걸 알고 있었다.

아마 남경을 벗어나기 전에 붙잡힐 것이 뻔했다.

그렇다는 건 무작정 남경을 벗어나려 했다가는 큰일 날 수 있다는 뜻이었다.

"젠장!"

사람의 인생이 꼬이는 건 순식간의 일이었다.

하지만, 위기가 곧 기회라는 말도 있지 않던가?

천무은형잠종대법의 위력만큼은 혀를 내두를 정도로 무시무시했다.


─어둠이나 지형을 이용해 몸을 숨기는 것은 하수들이나 하는 짓. 구름 속에 숨는 것을 운형이라 하고 바람에 몸을 숨기는 것을 풍형이라 한다.


"인간의 몸으로 이게 가능해?"

한마디로 구름이 되고 바람이 되라는 소리였다.

기무결은 허무맹랑한 말에 웃음조차 나오지 않았다. 이렇게 할 수 있다면 그건 인간이 아니라 신이었다.

"응?"

책을 읽다 말고 갑자기 기무결의 두 눈이 크게 치떠졌다. 책장 마지막에 산과 지형이 그려져 있었기 때문이었다. 보물지도였다. 그리고 그 밑으로 부연 설명이 적혀 있었다.

—본좌는 살수천자라 한다. 본좌는 수없이 많은 청부를 하며 막대한 부를 이루었다. 아마 일국을 사고도 남을 것이다. 하지만 정파와 마도의 비열한 음모에 속아 치명적인 부상을 입었다. 본좌는 끝내 내상을 회복할 수 없다는 것을 알고 본좌의 칼 안에 비급을 넣어 밖으로 내보냈다. 이 글을 읽는 자는 본좌의 후계자이며 반드시 정파와 마도에 피맺힌 복수를 해주기 바란다.

쿵!

들어본 적이 있었다.

살수천자의 청부금은 한 번에 십만 냥이나 된다는 말을. 물론 그때에는 터무니없는 소리라며 믿지 않았었는데, 아무래도 그게 모두 사실인 모양이었다.

"한 번에 십만 냥이라고 하고 백 번의 살행을 했다면 도대체 이게 얼마냐?"

액수가 너무 커서 언뜻 계산이 되지 않았다.

바닥에 숫자까지 그려가며 계산을 해야 할 판이었다.

"헉? 처, 천만 냥!"

기무결은 너무 놀라 하마터면 까무러칠 뻔했다. 지금 그의 계좌에 일만 냥 정도가 있었다. 한데도 그는 대명전장에서 우수고객으로 통하고 있었다. 하물며 천만 냥은 어떻겠는가? 기무결은 상상이 되지 않았다. 그저 생각만 해도 흐뭇해지는 순간이었다.

하지만 이건 시작에 불과했다. 전설에 따르면 살수천자가 오백 명을 죽였다고 했는데, 만약 그것이 모두 청부였다면 살수천자의 거처에는 오천만 냥이라는 거금이 있다는 뜻이었다.

"마, 말도 안 돼! 오천만 냥이라니."

이럴 순 없었다.

사람이 너무 기뻐도 죽을 수 있을 것 같았다.

솔직히 천무은형잠종대법을 얻었을 때보다 보물지도를 얻었을 때의 놀라움과 기쁨이 더 컸다.

기무결은 숨이 제대로 쉬어지지 않을 정도였다. 천하제일 거부라는 대명전장 장주의 재산이 과연 얼마나 될까? 들리는 소문으로는 추측할 수 없을 정도로 돈이 많다고 알려져 있지만, 천만 냥은 되지 않다는 것이 중론이다.

한데 지금 그는 오천만 냥의 거금이 손에 들어온 것이다. 십만 냥만 모으면 바로 이쪽 세계를 은퇴하려 했는데, 이젠 그럴 필요도 없었다.

그는 단숨에 대명전장의 장주를 제치고 천하제일의 거부가 될 수 있었다.

"정말 일국을 사고도 남겠다."

이러니 감찰총국에서 오랫동안 눈에 불을 켜고 추적하는 것일 테지.

어쩌면 당시 그 노인을 추적하던 자들도 감찰총국이었을 가능성이 높았다. 그렇다면 그 노인처럼 평생 쫓기다 죽을지도 몰랐다.

"그렇게는 절대 안 되지."

어떻게 얻은 대박인데.

죽으면 죽었지 절대 보물지도를 빼앗길 순 없었다.


五


감찰총국의 지부는 중원 곳곳에 있다. 남경지부는 역관으로 위장하고 절강성 무림의 동정을 살피며 정보를 수집하고 있었다. 굳이 무림인이 아니더라도 유림이나 상계의 주요 인물들 역시 감찰의 대상이었다. 지금 황실에서는 공포의 정치를 펼치고 있는 중이었다.

"그래서, 기무결에 대해서는 수집한 정보가 별로 없다?"

"삼 년 전에 처음 남경에 왔을 때 신상을 조사한 적이 있었는데 전입 신고서에는 별다른 문제가 없었습니다."

"감찰총국조차도 위조를 발견내지 못할 정도로 완벽했단 말이지?"

"이전 관아의 직인까지 정확히 찍혀 있는 통에 아무런 의심도 할 수 없었습니다."

"돌겠군."

"더구나 놈은 서원을 다니며 고아원을 후원하는지라 딱히 감찰 대상으로 분류할 수 없었는지라……."

"허!"

듣고 있자니 기가 막힐 따름이었다. 감찰총국은 무림이나 요주의 인물 등 감찰 대상으로 정한 사람만 조사한다. 기무결은 감찰총국의 감찰 대상에서 교묘하게 벗어난 것이다.

"도대체 이놈의 정체가 뭐란 말이냐?"

귀신이 곡할 노릇이었다. 감찰총국의 정보력으로도 신분 확인이 되지 않은 경우는 이번이 처음이었다. 이렇게 교활하고 용의주도한 자는 본 적도 들은 적도 없었다.

더구나 위조 능력에도 탁월해서 백면서생과는 거리가 멀었다. 기무결이 남경을 벗어나면 천하의 사도옥이라 할지라도 잡기 어려울지 몰랐다.

"놈은 아직 남경을 벗어나지 못했을 것이다. 수단 방법 가리지 말고 반드시 남경에서 놈을 잡아야 한다."

비협조적이거나 반항하는 자는 죽여도 좋다는 소리였다.

"걱정하지 마십시오, 부국주님!"

"이미 수백 명의 관병이 길목 곳곳을 지켜 서고 있으니 설령 나는 새라고 해도 빠져나갈 수 없을 겁니다."

이건 자부해도 좋았다.

그들은 추적에 관련해서는 지독한 훈련으로 단련받은 요원이었다. 천하의 누구도 그들의 능력을 따라잡을 수 없었다.

"그렇겠군."

사도옥이 차갑게 웃었다.

교활하고 용의주도한 기무결의 운도 여기까지일 수밖에 없었다.


그 시각, 기무결은 객점에서 한가하게 밥을 먹고 있었다. 누가 보면 도저히 쫓기는 사람이라 할 수 없을 정도로 대범하기 짝이 없는 행동이었다.

하지만 자고로 허허실실이라 했다. 기무결은 지금쯤 남경을 빠져나가는 길목을 지킨다고 대부분의 병력이 남경 외곽 위주로 배치되어 있을 것을 이미 짐작하고 있었다.

"이제 조금씩 포위망을 좁히며 시내로 들어올 시간이겠군."

기무결이 천천히 자리에서 일어섰다. 지금 도망치기에는 너무 늦은 상태였다. 그렇다고 인생을 포기한 것도 아니었다. 문득 창문 너머로 한 채의 장원이 보였다. 일견 평범해 보이지만, 알고 보면 동창의 남경지부였다.

황당한 일이었다. 그는 쫓기는 와중에 동창의 구역이라 할 수 있는 곳에서 느긋하게 밥을 먹고 있었던 것이다.

바로 그때, 점소이가 달려왔다.

"손님, 식사는 맛있게 하셨습니까?"

"보면 모르나? 음식에 벌레가 들어가서 도저히 먹을 수가 없잖아."

하지만 음식은 거의 싹싹 비워진 상태였다. 더구나 벌레는 보이지도 않았다.

점소이의 얼굴이 확 변했다. 가끔 이런 식으로 억지를 부리며 무전취식하려는 자들이 있었다.

"손님, 억지가 심하시군요. 좋은 말로 할 때 돈을 내시죠. 모두 열 냥입니다."

하필 음식도 죄다 비싼 것만 시켰던 것이다.

"억지는 네놈이 부리고 있구나! 벌레가 들어 있으면 네놈들이 보상금을 줘야지?"

"으으, 계속 억지를 부리면 관아에 고발하겠습니다."

"이야, 이거 아주 웃기는 놈일세. 벌레 들어간 음식을 팔아 놓고는 뭐가 어쩌고 어째? 고발?"

기무결이 고래고래 소리를 지르며 소란을 피웠다. 조용하던 객잔이 순식간에 소란스럽게 변했다. 손님들이 일제히 인상을 썼다. 그중에는 동창의 요원도 있었다. 동창의 요원들은 한바탕 소란에 밥맛이 뚝 떨어질 정도였다.

"이봐, 너! 좋게 말할 때 열 냥을 내고 꺼져라."

"미친놈! 너 같으면 벌레 들어간 음식 먹고 돈 내고 싶겠
냐?"

"그런 놈이 아까는 맛있게 잘도 먹더구나!"

"흥! 먹다 보니 벌레가 나왔을 뿐이다. 네놈들 일도 아닌데
그만 입 닥치고 가만히 있지?"

"으으, 이놈이 보자 보자 하니까?"

"우린 동창의 요원이다. 계속 소란을 피우면 네놈을 체포
할 수도 있다."

신분을 밝히면 최소한 겁은 집어먹을 줄 알았다.

한데 이게 웬걸?

기무결이 피식 조소를 터뜨렸다.

"난 또 누구라고. 감찰총국에게 밀려 뒷방 늙은이 신세가
된 동창이 뭐가 그리 무섭다고."

"뭐, 뭐야?"

여기저기서 동창 요원들이 분노한 표정으로 자리에서 벌
떡 일어섰다. 객잔에는 동창 요원이 생각보다 많이 있었던 것
이다.

"네놈이 끝내 화를 부르는구나!"

동창에겐 금기어가 하나 있었다. 그건 바로 동창 앞에서 감
찰총국과 비교하는 것이었다. 하물며 뒷방 늙은이란다. 동창

의 요원들은 폭발하기 일보 직전이었다.

동창과 감찰총국이 앙숙이라는 건 천하가 다 아는 사실이었다.

이십여 년 전만 해도 동창의 위세는 하늘을 찌를 듯했다. 세 살 먹은 어린아이들도 동창이란 이름만 들어도 울음을 뚝 그칠 정도였다. 하지만 지금은 감찰총국에게 권력 대부분을 빼앗긴 상태였고, 동창은 황실의 두 번째 특무기관으로 전락한 지 오래였다.

그러거나 말거나, 기무결은 눈 하나 깜빡하지 않았다.

"흥! 창피한 줄 알아라. 황제가 무능하니 나라가 이 모양이 꼴이 되긴 했다만 너희 같은 간신배들 때문에 이젠 말세지국으로 치닫고 있다는 것도 모르느냐?"

"네 이놈! 감히 황상을 모독하다니."

"사상이 불순한 놈이다."

"당장 놈을 체포해!"

동창의 요원들은 기무결을 포승줄로 묶은 뒤 동창의 남경지부로 압송했다. 동창의 감옥은 일반 백성들에게는 공포의 대상이었다. 주로 반역자나 흉악범들을 상대하는 곳이기에 한번 들어가면 살아서 나오기 어려웠다.

동창의 감옥은 여타 관아의 감옥과는 달랐다. 쇠로 만들어진 철장이 은연중에 공포감을 유발하고 있었다.

"내가 무슨 죄를 지었다고 체포를 한단 말이냐? 꺼내줘! 나를 감옥에서 꺼내달란 말이야."

기무결은 울며불며 억울함을 호소했지만, 속으로는 회심의 미소를 지었다.

사실 그는 처음부터 동창에게 체포되기 위해 일부러 소란을 피웠던 것이다.

동창의 힘이 아무리 예전만 하지 못하다 해도 동창은 동창이었다. 천하의 감찰총국도 동창만큼은 제대로 건드리지 못했다. 남들에겐 동창의 감옥이 공포의 대상일지 몰라도 그에게는 최고의 피난처였다.

적어도 이곳만큼은 감찰총국의 손이 미치지 않을 것이고, 어쩌면 자신이 동창의 감옥에 갇혀 있는지도 모를 것이었다.

'가벼운 죄는 아니지만, 관아였다면 그냥 벌금이나 곤장 몇 대가 전부였을 것이다.'

하지만 상대는 동창이었다.

어쩌면 최대 일 년은 감옥에서 살아야 할지 몰랐다.

'후훗! 바라던 바다.'

그는 감찰총국의 눈을 피해 무공을 익힐 생각이었다. 천무은형잠종대법이라면 최소한 감찰총국의 손에 죽지는 않을 것이다.

'일 년! 딱 일 년만 동창의 감옥 안에 숨어 있으면 된다.'

그리고 살수천자의 보물을 찾는다.

천하제일의 고수와 천하제일의 거부!

두 개의 꿈이 결코 멀지 않았다.

기무결은 천하를 유유자적하며 온갖 부귀영화를 누리는 자신의 모습이 눈에 보이고 있었다.

第二章
부동산 사기

一

감옥살이!

누군가에게는 지옥 같은 시간이겠지만, 기무결에게는 더할 나위 없이 뜻깊은 시간이었다. 일초무학이었던 그가 드디어 무림의 세계에 발을 들여놓는 역사적인 순간이었다.

기무결은 모두가 잠이 든 시간에 천무은형잠종대법을 수련했다.

원래 일 년이면 어느 정도 살인기예들을 익힐 수 있을 줄 알았었다. 하지만 뭔가 잘못되었다는 것을 깨닫기까지는 채 하루도 걸리지 않았다.

사실 평범한 무공도 대성을 이루기 위해서는 몇 년이 걸리는 법이다. 하물며 천무은형잠종대법 같은 극상승무공은 두 말할 나위도 없었다.

"제길, 위조술은 일 년도 안 되어서 터득했거늘……."

그동안 자신이 천재인 줄 알고 우쭐해 있었는데, 뭔가 엄청나게 착각하고 있었던 것 같았다.

기무결은 공력을 단전에 축적하고 이제 겨우 내기를 발출할 수 있는 수준에 불과했다.

그는 아직 살인기예에는 손도 대지 못한 상태였다. 그건 공력이 좀 더 상승의 경지에 오른 뒤에나 가능한 일이었다.

시간은 빠르게 흘러갔다.

그리고 기무결이 동창의 감옥에 갇힌 지도 어느덧 일 년이란 시간이 흘렀다.

"기무결, 밖으로 나와라."

"엥? 오늘 무슨 일 있습니까?"

"허어, 이놈 보세. 오늘이 네놈 출소하는 날인 것도 잊었느냐?"

"아! 벌써 일 년이 되었단 말입니까?"

기무결은 무공을 수련한다고 시간 가는 줄도 몰랐다.

동창의 요원들이 기무결을 데리고 집무실로 안내했다. 그곳에서 기무결은 입고 들어왔던 옷으로 갈아입었다.

"앞으로 입조심하며 살아라."

"또 한 번 입을 잘못 놀리면 그때는 가중처벌 받는다는 것을 잊지 말고."

"헤헤! 그야 여부가 있겠습니까? 소인도 많이 반성하고 있습니다요."

당시에는 선택의 여지가 없어서 결정한 일이었지만, 동창의 감옥은 사람이 살 만한 곳이 아니었다.

그래도 지난 일 년 동안 고생한 보람이 있었다. 남경의 거리는 한산했다. 검문소의 모습도 보이지 않았다. 사도옥이 남경에서 병력을 철수해서 다른 곳으로 이동했다는 뜻이었다.

하긴, 이미 일 년이 지난 뒤였다. 아직까지 남경을 수색하고 있다면 그건 바보 멍청이일 것이다.

"클클! 지금쯤 한창 뺑이 치고 있겠군."

사도옥의 면전에 대고 마음껏 비웃어주지 못하는 게 아쉬울 뿐이었다.

그는 오천만 냥을 찾는 즉시 새외나 변황으로 도망칠 생각이었다. 그다음 신분을 위조하면 다시는 사도옥을 볼 일도 없었다.

하지만 아직 안심할 상황은 아니었다. 돈이 묻혀 있는 곳은 형산이었다. 남경에서는 수천 리 떨어져 있었다.

"거기까지 무사히 가는 게 중요하지."

이미 생각해 둔 방법이 있긴 있었다.

"천하를 마음대로 가려면 표국이나 상단만큼 좋은 것도 없지."

그는 가짜 표국이나 상단을 만들 생각이었다. 그러자면 사업자 등록증이 있어야 하는데, 문서를 위조하는 건 그리 어려운 게 아니었다. 표국이면 표사를 몇 명 뽑으면 그만이고, 상단이면 말단 행상 몇 명 뽑으면 된다.

그리고 대충 표행을 떠난 것처럼 서류를 조작하면 설령 귀신이라도 속아 넘어갈 수밖에 없었다.

하지만 이 모든 건 돈이 없으면 할 수 없는 일이었다. 직원을 뽑으려면 착수금이 필요하기 때문이었다.

"클클! 이 몸에게 해당되는 이야기는 아니지."

기무결은 대명전장의 우수고객이 아니던가?

그는 즉시 대명전장으로 향했다. 이제 오천만 냥은 찾은 것이나 마찬가지였다. 이날이 오기만을 얼마나 기다렸던가? 그의 입에서는 절로 콧노래가 흘러나왔다. 천하제일거부가 되면 무엇부터 해야 좋을지 순위를 결정하는 것도 쉽지 않았다.

하나, 막상 대명전장에서 돈을 찾으려는 순간 문제가 터지고 말았다. 돈이 있어야 할 계좌에 돈이 한 푼도 없었기 때문이었다.

원래 의심이 많은 기무결인지라 차명계좌를 만들어 여러 곳에 분산시켜 두었었는데, 차명계좌에 들어 있던 돈까지 모두 사라지고 없었다.

"주인인 내가 찾은 적이 없는데 무슨 헛소리냐? 다시 한 번 확인해 봐라. 이건 뭐가 잘못된 게 틀림없다구."

어떻게 벌어서 모은 돈인데.

감히 사기를 쳐서 번 돈을 사기를 쳐?

더구나 이 돈이 있어야 보물도 찾으러 갈 수 있었다.

"죄송합니다만, 손님! 그 계좌들은 일 년 전에 감찰총국에서 압수한 것으로 나오는군요."

"가, 감찰총국?"

"사도옥 님께서 저희 본점에 오셔서 직접 처리하셨네요."

"으아악!"

기무결이 비명을 질렀다.

"이 망할 씨뱅이를 그냥?"


二


이 정도면 알거지로 전락했다고 해야 옳을 것이다.

기무결의 수중에는 땡전 한 푼 없었다. 당장 배에서 꼬르륵 소리가 들려오고 있는데도 국수 한 그릇, 만두 한 개 사 먹을 돈이 없었다.

"끙! 이럴 줄 알았으면 아침이라도 먹고 나오는 건데."

출소하자마자 온갖 산해진미를 먹을 생각에 거들떠보지 않았던 것이 화근이었다. 지금처럼 맛대가리 없는 감옥의 음식들이 그리워지긴 처음이었다.

하지만 무엇보다 수천 리 떨어진 형산까지 어떻게 가야 할

지가 문제였다. 신분을 위장할 돈이 없다면 걸어서라도 가면 그만이었다. 뭐, 엄청 고생스럽긴 할 것이었다. 어쩌면 얼마 가지 못하고 감찰총국의 정보망에 걸려들지도 몰랐다.

하나, 이건 배고픈 문제에 비하면 아무것도 아니었다. 겨우 하루도 안 됐는데도 이렇게 배고픈 걸 보면 오천만 냥을 찾으러 가다 굶어 죽을지도 모를 일이었다.

"사도옥, 이 악귀 같은 놈! 평생 중원 방방곡곡 삥이나 치다 뒈져라."

기무결의 악담 서린 절규가 하늘 높이 울려 퍼졌다.

그의 한 맺힌 저주가 통한 것일까?

사도옥은 중원에서 수만 리 떨어진 신강에 있었다.

"기무결과 비슷하게 생긴 자가 저 기루 안에 있는 것이냐?"

"얼굴뿐만이 아니라 이름까지도 똑같은 자라 했습니다."

"정말 알 수가 없군. 그놈의 도주 자금을 끊기 위해 차명계좌까지 탈탈 털었건만, 무슨 재주로 신강까지 도망쳐 왔단 말인가?"

지난 일 년 동안 천하를 이 잡듯 뒤졌지만, 기무결은 하늘로 솟았는지 아무런 흔적도 찾을 수 없었다. 그러다 겨우 찾아낸 것이 바로 신강이었던 것이다.

"쥐새끼 같은 놈. 오늘로 네놈의 질긴 목숨도 끝이다. 일조는 기루의 외곽을 포위하고 이 조는 도주로를 차단한다."

사도옥의 명령에 따라 감찰총국의 요원들이 일사불란하게 움직였다. 그들을 뒤로하고 사도옥이 기루 안으로 들어갔다. 용의자가 있는 곳은 이 층 일곱 번째 방이었다.

쾅!

문을 박차고 방 안으로 들어갔다.

"꺄악!"

여인이 비명을 지르고 이불로 알몸을 가렸다. 그리고 사내는 당황한 표정으로 소리쳤다.

"다, 당신 뭐야?"

"감찰총국에서 나왔다. 네놈은 누구냐?"

비슷하게 생기긴 했지만 사도옥이 찾던 그 기무결이 아니었다.

"기, 기무결이라 하는데요?"

"으으, 기무결이라고?"

사람이 이러다 미치는지도 몰랐다. 기무결을 잡으려고 중원에서 수만 리나 떨어진 신강까지 달려왔건만 고작 동명이인이라니.

"네놈 부모를 원망해라. 왜 하고 많은 이름 중에 하필이면 기무결이냐?"

사도옥은 화가 치민 나머지 사내의 얼굴을 발로 걷어찼다. 이젠 기무결의 '기' 자만 들어도 경기가 일어날 지경이었다.

"켁!"

사내가 피를 토하고 침상 밑으로 굴러떨어졌다. 그는 아무 이유도 모른 채 봉변을 당했다.

하지만 사도옥은 좀처럼 분이 풀리지 않았다. 숨을 돌리기도 전에 다시 수만 리 떨어진 중원으로 달려가야 할 판이었다.

三

기무결은 만두 하나 국수 한 그릇이 이렇게 비싸게 느껴진 적이 없었다. 문서 위조술을 익히고 난 이후부터는 한 번도 돈 걱정을 하며 산 적이 없었고, 서민적인 음식은 거들떠보지도 않았었다.

하지만 목구멍이 포도청이라고, 기무결은 일자리를 찾아 나섰다. 배고픈 문제를 해결하는 것도 해결하는 것이지만, 형산까지 갈 여비를 만드는 것이 더 중요했다.

"일을 하는 건 하는 건데……. 오천만 냥을 눈앞에 두고 내가 왜 일을 해야 하냐구?"

돈 몇 푼이 없는 천하제일거부라니.

이건 운명의 장난이었다.

"그, 그렇군. 그때 그 늙탱이 심정이 이랬을 거야."

기무결은 문득 자신에게 칼을 전해준 노인을 떠올리며 쓴 웃음을 지었다. 이놈의 보물지도에는 무슨 마가 끼었는지 이

걸 가진 사람은 전부 거렁뱅이로 전락하는 특성이 있었다.


　─점소이 구함. 경력자 우대.


"쩝! 사람이 많은 곳은 피하는 것이 좋겠지."

아쉽지만 발길을 돌릴 수밖에 없었다. 유동 인구가 높은 곳일수록 아는 사람을 만날 가능성이 높았다.


　─세답방에서 함께 일할 식구 구함. 남자는 사절.

　─청현장에서 새로운 시녀를 구함.


"우라질, 이거야 원!"

일자리라고 몇 개 있는 것이 전부 여자들만 할 수 있는 일이었다.

배운 게 도둑질이라고 문서를 위조하면 짧은 시간 안에 많은 돈을 벌 수 있었다.

하지만 거기엔 무조건 중개인을 끼고 해야 한다는 단점이 있었다. 지금 황보명을 찾아가는 건 자살행위나 마찬가지였다.

기무결은 그로부터 한참을 더 시내를 돌아다닌 끝에야 겨우 일자리 하나를 발견했다.

─공사 현장에서 막일할 사람 구함.

"끙! 내가 결국 여기까지 전락하는구나!"
출소하고 난 이후에는 무엇 하나 되는 일이 없었다. 그렇다
고 다른 선택의 여지가 있는 것도 아니었다. 알거지가 된 이
후에는 이것도 감지덕지해야 할 판이었다.
공사 현장은 언제나 일손이 부족했다. 단순히 땅을 파고 돌
을 나르는 것이 전부였지만, 일이 힘들다 보니 사람들이 며칠
버티지 못하고 그만두기 일쑤였다.
공사 현장은 오 층짜리 건물을 짓고 있었다. 인근에서 가장
규모가 큰 건물이었다.
"자네 이런 일을 한 적이 있나?"
현두석은 못 미더운 표정으로 기무결을 쳐다보았다. 준수
한 얼굴에 관옥 같은 피부를 지니고 있어서 막노동과는 전혀
어울리지 않았다.
'이거 왠지 안 했다고 하면 까일 것 같다.'
기무결은 눈치 하나는 누구보다 빨랐다.
"험험! 이렇게 보여도 제가 지하수로 출신입니다."
"쯧쯧, 부잣집 도령처럼 생겼는데, 고생이 심했겠군."
"요즘 고아가 어디 한둘인가요? 생활력 하나는 자신이 있
습니다."
"그렇다면 잘 알겠군. 막일은 단순해 보여도 조금만 실수

를 해도 크게 다치거나 떨어져 죽을 수도 있다는 것을 말이
네."

"핫핫! 걱정하지 마십시오. 어려서부터 힘깨나 쓴다고 소
문이 자자했으니까요."

"흐음… 그렇게 보이지는 않지만, 일단 일을 시켜보면 바
로 알겠지."

합격이었다.

기무결은 그 즉시 일을 할 수 있었다.


공사는 거의 마무리 작업에 들어간 상태였다. 사 층까지는
다 지어졌고, 이제 오 층만 남아 있었다.

기무결은 오 층까지 지게에 돌을 한가득 지고 날랐다. 어지
간히 건장한 사람조차 반나절을 버티기 어려운 일이었다.

하나 기무결의 발걸음은 가벼웠다. 하루 종일 지게를 날랐
는데도 땀 한 방울 흘리지 않았다. 비록 천무은형잠종대법이
초입 단계라 해도 그 위력은 생각보다 대단했다. 일반적인 무
공과 비교하면 오류성 정도의 공력과 엇비슷한 수준이었다.

현두석은 겉보기에는 엄해 보여도 인정이 많은 편이었다.
기무결이 몇 사람 몫을 혼자서 척척 하는 것을 보고 첫날부터
월급을 올려주었다.

"한 달에 열 냥을 주겠네."

열 냥이면 대충 형산까지 갈 수 있을 것 같았다.

'그래, 까짓것! 한 달만 꾹 참고 일하자.'

시간이 날 때마다 틈틈이 무공도 수련하면 참지 못할 것도 없었다.


四


그로부터 정확하게 이십 일이 흘렀다.

기무결은 아직 한 달이 되지 않았지만, 오늘이 월급날이라는 것을 알고 꿈에 부풀어 있었다. 열 냥까지는 아니더라도 대충 월급만 받으면 바로 오천만 냥을 찾으러 떠날 생각이었다.

그가 이른 아침에 공사 현장으로 들어서는 순간이었다. 무슨 일이 벌어졌는지 현장 사무실에 사람들이 모여서 웅성거리고 있었다.

"이거 왠지 느낌이 좋지 않은데?"

순간적으로 무슨 일이 생겼다는 것을 직감했다. 더구나 요즘엔 재수 없는 일만 생기다 보니 가슴이 철렁거릴 정도였다.

현장 사무실에 가까이 다가가자 어떤 사람이 관병을 대동한 채 현두석을 몰아붙이고 있었다. 기무결은 관병을 보고 흠칫 놀라 사람들 속에 숨었다.

"김씨 아저씨, 무슨 일이 생겼나요?"

"쯧쯧, 글쎄 현 대인이 짓고 있는 이 건물이 위법이라나, 뭐라나."

'설마?'

기무결은 머릿속으로 부동산 사기를 떠올렸다.

"혹시 현 대인이 건물을 짓고 있는 땅이 원래 주인이 있다거나 하는 겁니까?"

"어라? 그걸 네가 어떻게 알았냐?"

"그거야 뭐, 이 건물이 위법이라면 그거밖에 답이 없거든요."

"그게 그렇게 쉬운 거였나? 우리 같은 사람들은 몇 번을 설명해 주어도 이해하기 어렵던데."

김씨의 설명에 따르면 이랬다. 현두석이 일 년 전에 누군가로부터 땅을 사고 건물을 짓기 시작했는데, 알고 보니 땅 주인이 따로 있었다는 것이었다. 관병을 대동하고 찾아온 사람이 원래 땅 주인이었다.

"쯧쯧, 그나저나 큰일이군요. 현 대인이 지금까지 쌓아올린 건물도 꼼짝없이 빼앗길 거예요."

"에잇, 설마 그렇게까지 될려구. 이 건물을 짓기 위해 현 대인이 얼마나 많은 돈과 정성을 쏟은 줄 아느냐?"

일 층에는 서점이 들어서기로 이미 계약까지 마친 상태였다.

그리고 이 층부터 사 층까지도 이미 분양이 끝나서 입주 날짜만 기다리고 있었다.

"그건 아저씨가 잘 몰라서 하는 소리예요. 애초에 남의 땅에 건물을 올렸다면 소유권을 주장할 아무런 근거가 없다구요."

"그, 그게 정말이냐?"

"아무래도 현 대인께서 악질 사기꾼에게 단단히 걸린 모양이에요. 사기를 당하고도 오히려 사기꾼으로 몰리면 정말 답이 없는데."

"답이 없다니 그게 무슨 소리냐?"

"분양 사기로 잡혀들면 정작 땅문서를 위조한 사기꾼을 잡을 수 없다는 뜻이죠."

신종 사기 수법이었다.

이런 식으로 사기꾼이 피해자를 감옥에 보내면 영원히 흔적을 지울 수 있었다.

"그런 일은 일어나지 않을 게다. 네가 뭔가 착각한 게야. 현 대인처럼 착하고 인정 많은 분에게 하늘이 그리 무심할 수 없는 법이다."

김씨는 머리를 강하게 흔들었다.

'하긴, 현 대인이 월급도 많이 주고 음식에도 신경을 많이 써주긴 했지.'

문득 불쌍하단 생각도 들었지만, 그래도 뭐, 자신과는 상관없는 일이었다.

"자, 잠깐! 그럼, 내 월급은?"

자신과 상관없는 일이 아니었다.

현두석이 감옥에 갇히면 지난 이십 일 동안 뺑이 치며 일한 돈을 한 푼도 받지 못하게 된다.

"안 돼! 내 돈… 내 월급!"

마른하늘에 날벼락을 맞은 건 현두석뿐만이 아니었다.

월급을 받고 보물을 찾으러 떠나려던 기무결에게도 청천벽력과 같은 일이었다.

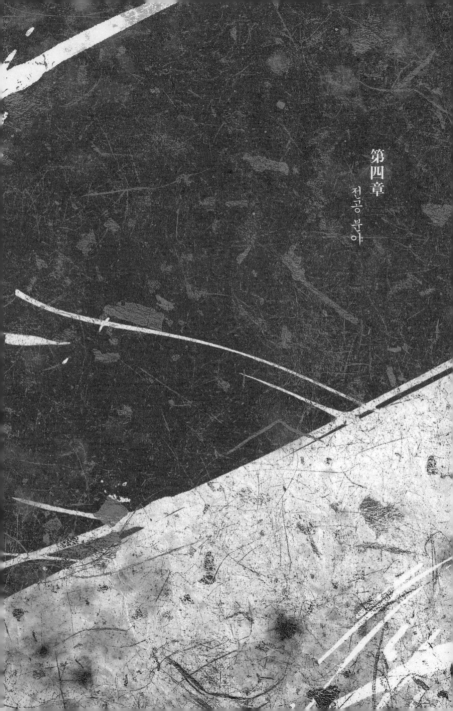

第四章
전공 분야

一

"그, 그 녀석 도대체 정체가 뭐야?"

김씨는 기무결을 떠올리며 몇 번이나 놀랐는지 몰랐다.

기무결의 말처럼 현두석은 지난 일 년 동안 쌓아 올린 건물을 고스란히 빼앗기고 말았다. 관아에서 모든 권리를 인정해 주지 않았기 때문이었다. 거기에 더해 분양 사기 죄목으로 감옥에 갇히고 말았다. 땅문서 사기를 당한 사건은 관아에서 수사조차 하지 않았다. 모든 게 기무결이 말한 대로였다.

남경은 분양 사기 사건으로 한창 시끄러웠다.

피해자는 모두 열두 명이었다. 더구나 막일을 했던 사람들도 월급을 받지 못하는 피해를 당하고 말았다. 피해자들은 눈물을 흘리며 강력 처벌을 원했고, 막일을 했던 자들 역시 월급을 달라며 시위를 벌였다.

"세상에! 현두석 그 인간이 악질 사기꾼이었다니."

"퉤! 인면수심의 인간 같으니. 그동안 불쌍한 사람들을 도와주었던 것도 다 위선이었을 거야."

"분양 피해 액수가 수백 냥에 이른다며?"

"그렇게 끌어모은 돈으로 건물을 지었다지 아마?"

"그럼, 분양 피해를 입은 사람들은 돈을 돌려받지 못한다는 건가?"

"혹시 또 모르지. 돈을 빼돌려 놓고는 건물을 지었다고 거짓말하고 있는지 말이야."

인심은 점점 험악하게 돌아가고 있었다.

하나 김씨는 다른 일꾼들처럼 시위를 할 수 없었다. 현두석은 그에게 생명의 은인이나 마찬가지였다. 일 년 전에만 해도 그는 노숙자 신세를 전전하고 있었다. 그때 현두석이 그에게 일자리도 주고 입을 옷도 챙겨주는 등 세심하게 배려해 준 덕분에 겨우 인간답게 살고 있었던 것이다.

"이 일을 어쩌노."

김씨는 발을 동동 굴러보았지만, 뾰족한 방법이 없었다.


"흑흑! 아버지!"

현두석에게는 예쁘고 참하게 생긴 딸이 한 명 있었다.

그녀는 어찌해야 좋을지 몰랐다. 현두석을 구하기 위해 백방으로 뛰어다녔지만, 현두석의 지인들조차 외면하고 있는 실정이었다.

"소녀는 그들이 원망스러워요. 평소 아버지께 도움을 받을 때는 언제고 지금 와서 모른 척 외면한단 말인가요?"

"휴우! 그들을 원망할 필요는 없다. 이 애비 역시 사기죄로 감옥에 들어오리라고는 생각지 못했으니 그들이라고 어찌 생각이나 했겠느냐?"

"흑흑! 그분들도 아버지께서 사기를 당했다는 것을 알고 있잖아요? 그렇다면 최소한 관아에 진정서는 넣어줄 수 있었다구요."

"허어!"

현두석이 길게 탄식했다.

인생의 허망함을 느끼기는 현두석이 더했다.

그는 평소 친구들이 어렵거나 딱한 사정을 들으면 결코 외면하지 않고 발 벗고 나서서 도와주었는데, 그 결과가 하나같이 배신으로 돌아온 것이다.

"한데 대인!"

가만히 듣고 있던 김씨가 조심스럽게 끼어들었다.

"휴! 자네로군. 내 자네 볼 면목이 없네."

유일하게 현두석 곁에 남은 사람이 김씨 한 명이었다.

"어이쿠, 그런 말씀 마십시오. 그동안 대인께 받은 은혜에 비하면 이건 아무것도 아닙니다요."

"방금 나에게 무슨 말을 하려던 것 아니었나?"

"이걸 말씀을 드려야 할지 몰라서 한참 고민을 했었는데, 아무래도 말씀을 드리는 것이 좋을 것 같네요."

"무슨 말인데 그리 뜸을 들이는 건가?"

"실은 원래 땅 주인이 찾아왔던 날 대인께서 분양 사기죄란 죄목으로 감옥에 갇힐 것이라고 예측한 사람이 있습니다요."

"그, 그게 정말인가?"

"그뿐만이 아닙니다요."

"그럼 뭔가 더 있다는 건가?"

"어디 있다뿐입니까? 건물을 빼앗기는 것은 물론이고 분양 사기죄로 잡혀 들어가면 원래 사기꾼은 영원히 잡을 수 없다는 것까지 알고 있었습니다요."

김씨는 당시 기무결과의 대화를 자세하게 얘기해 주었다.

현두석과 연아는 깜짝 놀랐다. 기무결이 말한 것이 모두 적중했는데, 귀신이 아니고는 이렇게 자세히 예측하는 건 불가능한 일이었다.

"아저씨, 혹시 그자가 땅문서 사기꾼 아닐까요?"

"그건 절대 아닙니다."

"그럼, 관아에서 일하는 사람인가요?"

"그것도 아닙니다. 그는 현장에서 일하던 일꾼입니다."

"에에? 그럼, 막일을 하던 사람이란 말인가요?"

연아가 황당한 표정을 지었다.

"그게… 소인도 그 아이의 박식함에 좀 놀랐습니다. 참, 대인도 기억하실지 모르겠군요. 겉모습은 영락없는 책상물림인데, 힘은 천하장사인 청년 말입니다."

"아! 나도 기억하네. 일도 열심히 잘해서 월급도 올려준다고 했었지."

책상물림은 유생을 비하하는 말이었다.

연아는 어쩌면 기무결이 과거에 낙방한 사람일지도 모른다는 생각이 들었다.

"아저씨, 지금 당장 그 사람을 만나야겠어요."


기무결을 만나는 건 그리 어렵지 않았다. 그는 새로운 일자리를 알아보기 위해 구인광고가 붙어 있는 벽보를 찾아다니던 중이었다.

"그러니까 지금 현 대인의 억울한 누명을 어떻게 해야 풀수 있는지 알려 달라는 겁니까?"

"제발 부탁드려요. 공자님은 아버지가 어떻게 될지 모두 알고 계셨잖아요."

"쯧쯧, 그거야 소 뒷걸음질에 쥐를 밟은 격이고. 소생도 뒤늦게 깜짝 놀랐습니다."

제 코가 석 자인 마당에 현두석이 어떻게 되든 관심 없었다. 억울한 누명? 월급을 떼인 그가 더 억울했다.

하나 연아는 쉽게 물러서지 않았다.

"우연도 몇 번 반복이 되면 필연이 되는 법이죠. 저는 법과 관련해서 공자님처럼 해박한 지식을 가진 분을 본 적이 없어요."

"소저는 뻔뻔하다고 생각하지 않소? 월급도 떼어먹고 무슨 낯짝으로 도와달라고 하는 겁니까?"

"그, 그건 정말 미안하게 생각해요. 그렇다고 그렇게 사람을 무안 줄 것까진 없잖아요."

입이 열 개라도 할 말이 없는 상황이긴 해도 일부러 그런 게 아니지 않던가?

"이야, 월급도 떼어먹은 주제에 이젠 따지기까지 하네."

"그게 아니라 저는 단지 아버지가 누명을 벗고 사기를 당한 돈만 되찾을 수 있다면 밀린 월급을 모두 줄 수 있다는 거예요."

"퍽이나."

바보나 얼간이라면 믿을까. 사기당한 돈을 그리 쉽게 찾을 리 만무하다. 더구나 일 년이나 지난 일이다. 이젠 증거도 찾기 어려운 상황. 범인을 잡는 건 불가능한 상황이었다. 하물며 돈을 되찾는다는 것은 처음부터 어불성설이었다.

"그건 저도 알지만⋯ 아버지의 누명을 풀어서 명예만큼은 꼭 회복시켜 드리고 싶어요. 흑흑!"

"눈물을 흘려도 소용없소."

"쳇, 좋아요."

"허! 설마 거짓으로 눈물을 흘린 것이오?"

"눈물이 통하지 않는 사람 같아서 그만뒀을 뿐이에요. 오늘은 공자님의 심기가 불편해 보이시니 이만 돌아가겠어요."

"그럴 것 없소. 다시는 찾아오지 마시오."

"내일 또 찾아뵐게요."

말이 통하지 않았다.

그만큼 무시를 당했으면 포기할 법도 한데, 연아는 꾹꾹 참는 기색이 역력했다.

"제길, 귀찮은 여자로군."

연아가 떠난 뒤, 기무결은 잠시 생각에 잠겼다. 어쩌면 새로 일을 해서 여비를 버는 것보다 일을 해결해 주고 떼인 월급을 받는 게 더 빠를 것 같았다.


二


다음 날이었다.

연아는 기무결이 있는 곳을 어떻게 알았는지 아침 일찍 찾아왔다. 그녀는 마음의 준비를 단단히 했다.

한데, 이게 웬걸?

기무결이 순순히 그녀의 제안에 응했다.

"누명만 벗겨주면 떼인 월급을 준다고 약속한 겁니다."

"그건 걱정하지 말아요. 빚을 내서라도 월급을 줄 테니까요. 그런데, 정말 방법이 있단 말이에요?"

범인을 잡아야 누명이 벗겨져도 벗겨질 일이었다.

하지만 일 년이 지난 일이고, 범인과 관련된 어떤 증거도 없었다.

"뭐, 그리 어려운 일도 아닙니다."

"말도 안 돼! 이게 어려운 일이 아니라구요?"

"현 대인의 누명을 벗겨내고 감옥에서 나오게만 하면 되는 일 아닙니까?"

"그, 그래요."

"어렵지 않게 할 수 있다는데 뭐가 문제인지 모르겠구려."

"저는 백방으로 뛰어다녔어도 해결하지 못했어요. 한데 공자께서 너무 쉽게 말하니까 그렇잖아요? 혹시 사기를 치려는 건 아니겠죠?"

사기를 당하고 믿었던 사람들에게 배신을 당해서일까?

연아는 쉽게 기무결의 말을 믿으려 하지 않았다.

"참 나, 돈이 몇 푼이나 된다고 사기를 칩니까?"

"하긴, 그렇긴 하네요."

연아는 혀를 쏙 내밀었다.

하나, 눈빛을 보면 아직 완전하게 의심을 푼 것은 아니었다.

기무결은 이미 어느 정도 윤곽을 잡아놓은 상태였다. 사실 부동산 사기는 예전에 그도 했던 일이었다. 그래서였다. 별다른 증거나 증인 같은 건 필요 없었다. 역으로 되짚어가면 범인의 수법을 파훼할 수 있었다.

"당시 잔금은 백 냥짜리 수표로 직접 전해주었겠지요?"

"맞아요. 직접 전해주면 돈을 깎아준다는 말에 그만…….
한데 그걸 어떻게 알았죠?"

"나라도 그렇게 사기를… 험험!"

기무결이 가볍게 헛기침을 하며 화제를 돌렸다.

"땅을 사는 데 사백오십 냥을 주었는데, 그 돈은 어떻게 만든 겁니까?"

"살고 있던 장원을 팔았어요. 철기점을 하고 있었는데 그것도 내놓았구요."

"그럼, 됐습니다."

"됐다니 뭐가 말이에요?"

"누명을 벗을 수 있다는 뜻이오."

"예에?"

연아는 황당한 표정을 지었다.

"지금 장난하는 거죠? 분명 월급을 떼인 복수를 하는 게 틀림없어요."

"허헛! 이것 참. 누명을 벗겨준대도 이러네. 소생이 지금 농담하는 것 같소?"

"그건 그렇긴 하지만, 그래도 이건 너무 간단하잖아요."

"일단 소저가 손해 보는 일은 없을 테니 지금 당장 사람들에게 가서 매매 확인서나 받아 오십시오."

"매매 확인서가 법적 효력이 있나요?"

"최소한 목돈을 마련했단 증거는 되겠지요."

"그것만으로는 누명을 벗기 어렵잖아요."

돈을 전해준 증거가 있어야 하는데, 매매 계약서가 전부였다.

하지만 땅문서 자체가 가짜이기 때문에 법적인 효력이 전혀 없었다. 계좌로 보냈다면 당연히 증거가 되겠지만, 이건 직접 전해주지 않았던가? 더구나 아무런 공증인도 거치지 않은 상태였다.

"그렇게 큰 계약을 부동산을 끼고 하지 않았으니 원."

"휴! 싸게 깎아준다는 말에 앞뒤 생각하지 않고 달려든 게 실수였어요. 모든 상황이 우리에게 불리한 것은 틀림없는 사실이에요."

"그걸 알았다면 이제 매매 확인서나 받아 오시죠?"

"끙! 말을 해도 꼭! 좋아요. 지금 갔다 오면 되잖아요."

연아가 돌아온 건 두 시진 뒤였다.

그녀의 손에는 두 장의 문서가 들려 있었다. 하나는 장원을 샀던 주인이 써준 매매 확인서였고, 다른 하나는 철기점 매매 확인서였다.

사실 매매 확인서만으로는 아무런 증거가 될 수 없었다.

하지만 여기에 더해 가짜 땅문서를 쉽게 만들기 어렵다는 것만 증명할 수 있다면 현두석의 무죄를 증명하는 것은 그리 어려운 일이 아니었다.

"가짜 땅문서를 가지고 있습니까?"

"여기 있어요. 관아에서는 이걸 아버지께서 허위로 만들어서 분양을 끌어모았다고 믿고 있어요."

"소저는 원래 주인의 땅문서를 본 적은 있습니까?"

"그건 아니에요. 관아에 등록된 것을 보고 알았으니까요."

"하면 한번 보시지요. 아마 가짜 땅문서와는 주인의 이름과 직인만 다르고 모든 것이 다 똑같을 겁니다."

"그게 무슨 뜻이죠?"

"원본을 보지 못하고는 절대 가짜 땅문서를 만들 수 없다는 뜻이오."

"아! 그, 그렇다면 혹시?"

"현 대인과 원래 주인이 일면식도 없는 사이라면 당연히 허위로 조작하는 건 있을 수 없는 일이지요. 그렇다면 결론은 하나. 사기꾼이 개입되었다는 뜻이지요. 거기에 매매 확인서를 제출하면 충분히 정상참작이 될 겁니다."

"세상에!"

연아는 할 말을 잃었다.

쉬워도 너무 쉬웠다. 백방으로 뛰어다녀도 해결할 수 없던 일이 이렇게까지 쉽게 해결할 수 있으리라고는 꿈에도 생각하지 못했던 일이었다.

그때, 문득 연아는 고개를 갸웃거렸다.

"공자는 그걸 어떻게 알 수 있나요? 두 개의 문서를 본 적도 없잖아요."

사실 가짜 땅문서를 보여준 적도 없었다.

"세상에 이유 없는 똑같은 물건은 없습니다. 필적을 따라 하려 해도 원본을 보고 연구하지 않고는 불가능한 일이지요."

말은 그럴듯했지만, 차마 자신도 그런 식으로 사기를 쳤다는 말은 할 수 없었다.

"고마워요, 공자님! 이 은혜는 잊지 않을게요."

"감사 인사는 필요 없고, 현 대인이 감옥에서 나오면 돈이나 잊지 마십시오."

"쳇, 무슨 남자가 말 한마디 곱게 하는 법이 없나요?"

三

현두석이 풀려난 건 삼 일이 지난 뒤였다. 그의 혐의는 모두 풀어졌고, 누명 역시 벗을 수 있었다.

"정말 고맙네. 자네 때문에 내 명예만은 지킬 수 있었네."

그는 초췌한 몰골로 기무결을 찾아왔다. 마음고생을 많이 한 흔적이 역력했다.

"무사하셔서 다행입니다. 그나저나 분양권 피해자들은 어떻게 하기로 했습니까?"

"휴! 그건 차차 갚기로 했지만, 사실 답이 보이지 않네."

피해 금액만 오백 냥이 넘는 것으로 알려져 있었다.

아마 평생 일을 해도 모두 갚는 건 불가능할 것이었다.

"여기 약속한 돈을 가져왔어요."

연아가 돈을 건네주었다.

"어? 이건 약속했던 것보다 더 많지 않습니까?"

스무 냥이었다.

원래 받아야 할 월급의 세 배가 되는 액수였다.

"월급도 제때 주지 못한 것도 미안한데, 자네의 도움으로 재판에서 이기지 않았나? 사실 그것도 부족한 감이 있지."

"으음……."

어지간한 기무결도 이때만큼은 잠시 망설이지 않을 수 없었다.

현두석 부녀는 알거지나 다름없었다. 더구나 오백 냥이 넘는 돈을 갚아나가야 하는 처지이기에 한 푼이 아쉬운 때였다.

한데도 은혜를 갚겠다며 선뜻 스무 냥을 전해준 것은 쉽게 할 수 없는 일이었다.

'사람이 착하면 손해를 보게 마련이지.'

기무결은 원래 현두석의 누명만 벗겨줄 생각이었다.

하나 현두석 부녀의 착한 성품이 얼음장처럼 단단한 기무결의 마음을 녹였다.

"돈을 많이 받았으니 돈값을 하지 않을 수가 없군요."

"그게 무슨 소린가?"

"청화루의 주인인 황보명이란 사람의 계좌를 조사해 보십시오."

부동산 사기에는 반드시 중개인이 끼어 있게 마련이다.

"일 년 전에 그자의 계좌에 돈을 입금하고 빠져나간 자들이 바로 범인입니다."

"범인이 한두 명이 아니라는 소린가?"

"최소한 네 명입니다. 중개인이 있고, 문서를 위조한 자, 그리고 사기꾼."

평소였다면 이렇게 세 명이 한 조였을 것이다.

하지만 이번 일은 수상한 점이 많았다. 원래 땅 주인이 개입하지 않고는 결코 일 년이란 시간이 흐를 수도 없고, 현두석이 범인으로 몰리는 일도 없었을 것이었다.

"분명 계좌를 조사하다 보면 황보명과 원래 땅 주인 사이에 돈거래를 발견하게 될 것입니다."

"그, 그게 정말인가?"

"처음부터 땅 주인이 범인이라는 것을 알고 있었습니다."

"그걸 왜 지금 얘기하는 거예요?"

"소저는 현 대인의 누명만 벗겨달라고 하지 않았습니까?"

"으이구, 내가 못 살아."

"차명계좌를 이용했을 수도 있으니 꼼꼼하게 확인해야 할 겁니다."

기무결이 도움을 주는 건 거기까지였다. 범인을 잡고 잃었던 돈을 되찾는 것은 오로지 현두석 부녀의 몫이었다.

하지만 바보가 아닌 이상 잘해내리라 믿었다.

四

남경 부동산 사기 사건을 해결하고, 현두석 부녀를 구해준 이후로 십여 일이 지난 오후 무렵이었다.

"드디어 도착했다."

기무결은 눈물이 앞을 가렸다.

저 앞에 형산이 보였다. 동창의 감옥에 들어간 것까지 계산하면 일 년하고도 한 달 만의 일이었다.

고생 끝에 낙이 온다고 했던가?

보물을 찾기 위해 온갖 개고생을 했지만, 형산을 보는 순간 그 모든 설움이 봄눈 녹듯 깨끗이 사라졌다.

일생일대의 꿈이 이루어지는 순간이었다.

이제 더 이상 꿈이 아니었다. 눈앞에 보이는 형산만 오르면 그는 세상 누구도 가지지 못한 천하제일의 부를 가질 수 있었다.

"어디 보자……."

기무결이 보물지도를 펼쳤다. 형산에는 일흔두 개의 봉우리가 있는데, 지도에는 주변 지명이 적혀 있지 않았다.

번거롭지만 직접 보물지도와 비교해 가며 찾는 수밖에 없었다.

"아무래도 가장 높게 솟아 있는 봉우리가 축융봉이겠지?"

지도에서는 그곳을 기점으로 오른쪽으로 가라고 적혀 있었다.

기무결은 방향을 잡고 산을 오르기 시작했다.

형산이 중원오악 중 하나로 남악이라 불리는 명산이지만, 지금 산의 경치를 구경할 마음은 눈곱만큼도 없었다.

오직 보물!

그의 머릿속에는 오천만 냥이란 돈을 빨리 찾고 싶은 생각밖에 없었다.

그때였다.

기무결이 한창 산 중턱을 오르고 있을 때, 누군가 앞을 막아섰다.

"멈춰라! 당장 신분을 밝혀라."

"엥? 이게 무슨 개소리야?"

기무결은 눈살을 찌푸렸다. 자라 보고 놀란 가슴 솥뚜껑 보고 놀란다고 이젠 뭐가 조금만 이상해져도 가슴이 철렁 내려앉았다.

하나 그것도 잠시.

기무결이 문득 눈빛을 반짝였다.

"오호라! 이제 봤더니 산적들이로구나!"

산이 크니 뭐 그럴 수도 있다.

예전이라면 모를까 이젠 산적 따위는 눈에 들어오지도 않았다.

'클클! 이참에 천무은형잠종대법을 시험해 보는 것도 나쁘지 않겠군.'

아직 초식을 익히지 못했지만 상대는 산적들 아닌가?

천무은형잠종대법의 위력을 확인하기에는 최적의 상대들이었다.

"미친놈! 네놈 눈엔 우리가 산적처럼 보이느냐?"

"흥! 길을 막고 위협하면 다 산적이지."

"네 이놈! 우린 산적이 아니라 당당한 대무림맹의 무사들이다."

"무, 무림맹?"

"그렇다. 이곳은 무림맹의 입구인 산문이다. 허가 없이는 단 한 발짝도 올라갈 수 없다."

무림맹의 위용을 알 수 있는 일이었다.

그 규모가 얼마나 크고 대단하면 산문 앞에 도착했는데도 무림맹의 모습이 보이지 않았다.

그러고 보니 언젠가 들어본 적이 있는 것 같았다.

정파 최고의 연합 단체인 무림맹이 형산에 자리를 잡고 있다고.

"우헤헤헤! 무림맹이란다."

이젠 화도 나오지 않았다.

일 년 넘게 온갖 개고생을 하며 겨우 찾아왔는데, 이건 시작도 하기 전에 모든 것이 물거품으로 변할 판이었다.

"난 왜 항상 꼬라지가 이 지경인 거냐?"

중원 천지에 미친놈이 넘쳐난다고 욕할 게 없었다. 상황이 이 지경인데 미치지 않으면 그게 더 이상한 일이었다.

그래도 이건 너무 심했다.

하고많은 봉우리 중에 보물이 숨겨진 곳과 같은 방향일 건 또 뭐란 말인가?

보물은 이제 없을 것이다.

무림맹의 건물은 압도적이었다. 건물을 저렇게 지으려면 지반 공사부터 남다를 수밖에 없을 터. 분명 공사하다 발견하지 못했을 리 없었다.

"아이구, 난 망했다. 내 돈! 내 보물!"

이건 단언컨대 마른하늘에 날벼락이었다.

五.

"아무리 봐도 저기가 틀림없어."

이미 열 번은 더 확인한 것 같았다.

이젠 아무런 희망이 없었다. 천하제일거부의 꿈이 신기루처럼 사라지는 순간이었다.

재수 없는 놈은 뒤로 자빠져도 코가 깨진다더니 기무결이 딱 그 짝이었다. 무슨 놈의 팔자가 이렇게 엿 같은지 몰랐다. 천하제일의 거부는커녕 이제 그에게 남은 건 알거지로 전락한 신세와 감찰총국에게 영원히 쫓겨 다녀야 하는 팔자뿐이었다.

"으아악! 이런, 썩을!"

상황이 이 지경이면 이젠 미련을 접는 것이 정상이었다.

하지만 그게 그렇게 쉽지 않았다. 지난 일 년 동안 어떻게 개고생하며 키워온 꿈인데. 천하제일거부의 꿈을 이렇게 허망하게 포기할 수는 없는 노릇이었다.

"어쩌면 발견하지 못했을 수도 있잖아?"

말도 안 되는 소리인 줄은 알지만, 기무결은 지푸라기라도 잡는 심정이었다. 무림맹이 오천만 냥이라는 어마어마한 돈을 찾았다면 분명 천하를 진동하고도 남았을 것이었다. 더구나 그 돈이 살수천자의 것이라면 두말할 나위도 없었다.

"그래, 사람들에게 확인하고 사실로 확인이 되면 그때 가서 포기해도 늦지 않아."

사실을 확인하는 건 그리 어려운 일이 아니었다. 무림맹 근처이다 보니 마을 객잔에는 어중이떠중이 무림인이 많았다.

"무림맹을 짓다가 엄청난 양의 보물이 발견된 게 사실이냐구?"

"소문에 따르면 모두가 알고 있다고 들었습니다."

"이게 뭔 또라이 같은 소리야?"

"예?"

"말이 말 같아야 대꾸라도 하지. 자넨 무림맹을 지을 때 자금이 부족해서 몇 년 동안 공사가 멈춰졌다는 말도 듣지 못했나?"

"그, 그런 일이 있었습니까?"

"쯧쯧, 이걸 모르는 걸 보니 촌구석에서 막 상경했나 보군. 무림맹에서 말이네, 자금을 만들려고 무리하게 어음을 남발하는 바람에 천하무림이 엄청난 고역을 치른 건 세 살 먹은 어린아이도 알고 있는 일일세."

"그럼 엄청난 양의 보물은 어떻게 된 겁니까?"

"그러니까 또라이 같은 소리라고 하는 거야. 당시 무림맹은 규모를 줄여야 한다는 여론을 무시하고 끝까지 밀어붙여서 공사를 완공하긴 했지만, 백 년이 지난 지금도 당시 발행한 어음을 다 갚지 못했네."

무림맹은 이 부분을 가장 민감하게 여기고 있었다.

어지간히 대담한 사람조차 감히 이 문제를 입 밖으로 언급

하지 못할 정도였다.

한데 기무결이 갑자기 벌떡 일어나 만세를 외쳤다.

"만세! 만세!"

사람들이 황당한 표정으로 쳐다보았다.

"제정신이 아니군."

"처음 또라이 같은 소리를 할 때부터 알아봤어야 하는데."

기무결은 졸지에 바보로 전락했지만, 그들이 어떻게 생각하든 그건 중요한 게 아니었다.

'그러니까 결국 보물을 찾지 못했다는 소리잖아?

아직 하늘이 그를 버린 게 아니었다.

무림맹 어딘가에 오천만 냥의 보물이 자신을 기다리고 있었다.

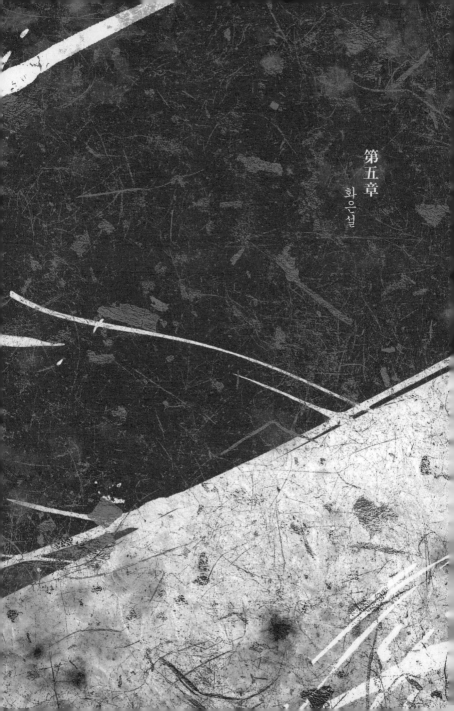

第五章

화운설

—

—천무서원에서 일할 하인을 구함! 월급은 추후 논의해서 결정!

이런 걸 두고 하늘이 돕는다고 하는가 보다.

기무결은 때마침 무림맹에 어떻게 들어가야 할지 고민하고 있던 참이었다.

사실 무인으로 신분을 위조해서 들어가는 것이 가장 편하고 적당한 방법이긴 하지만, 그는 전 무림이 연성하는 걸 금지한 천무은형잠종대법을 익히지 않았는가? 아마 이 같은 사실이 알려지면 보물은커녕 평생 중원에 발붙이고 살기도 어려울 것이었다.

그래서였다.

기무결은 무조건 무공을 드러내지 않고 사람들 이목을 끌지 않아야 했다. 그런 면에서 서기나 군사가 제격이긴 했지만, 오히려 이건 무림맹의 핵심 인물들과 자주 어울려야 하기 때문에 일반 무사들보다 더 위험부담이 높았다.

"좋았어! 하인으로 결정했다."

그야말로 신의 한 수였다.

기무결은 지금까지 수많은 문서를 위조했지만 하인은 또 처음이었다. 그렇다고 문제될 건 없었다. 그는 적당한 선에서 경력을 위조했다. 너무 튀어도 사람들 이목을 끌 수 있기 때문이었다.

하지만 이게 웬걸?

접수장에는 하인이 되려고 찾아온 사람이 수백 명이 넘었다. 체력 시험서부터 시작해서 달리기와 청소하는 모습 등 경쟁이 상당히 치열했다.

"무, 무슨 하인 뽑는 데 온갖 잡놈이 다 몰려온 거냐?"

무림맹이 무섭긴 무서웠다.

기무결은 하인을 뽑는 데도 이렇게 경쟁률이 치열할 줄은 꿈에도 생각하지 못한 일이었다. 이래서는 자신이 위조한 경력으로는 명함도 내밀지 못할 것 같았다.

"우라질, 이런다고 내가 질 것 같냐?"

기무결은 즉시 서류를 다시 위조했다. 이번에는 모든 면에서 경력을 최대한 부풀렸다. 서류를 검토하던 사람들이 깜짝 놀랄 정도였다.

"경력이 화려하군. 한데 모두 이삼 년 일하고 그만두었는데 이유가 뭔가?"

"여러 가지 경험을 쌓으면 감독관이 될 가능성이 그만큼 높아지기 때문입니다."

"호오! 그렇군. 그럼, 여기는 어떤가?"

"소인의 최종 목표는 무림맹의 하인들을 관리하는 감독관이었습니다."

"패기가 마음에 드는군. 마지막으로 구문제독의 장원에서 일했다고 적혀 있는데, 정확하게 무슨 일을 한 건가?"

"최근에 건물을 증축한 적이 있었는데, 공사 현장에서 인부들을 지휘했었습니다."

"일개 하인이 공사 현장까지 지휘를 했단 말인가?"

"별로 어려운 일은 아닙니다. 열 살 때부터 공사장을 따라다니며 일을 했었으니까요. 오히려 월급을 줄일 수 있어서 제독 입장에서는 일석이조입니다."

"흐음… 듣고 보니 그럴 수도 있겠군."

경력이 너무 화려해서 살짝 의문도 들긴 했지만, 일했던 모든 곳의 직인이 찍혀 있었다.

원래 종과 하인은 엄연히 차이가 있다. 종은 노예 문서를 폐기하지 않는 이상 죽을 때까지 주인에게 종속되어 있지만, 하인은 일종의 계약 관계였다. 보수가 박하거나 대우가 마음에 들지 않으면 언제든 그만두고 다른 곳으로 갈 수 있었다.

"내일부터 출근하게."

그렇게 기무결은 수백 대 일의 경쟁률을 뚫고 천무서원의 하인으로 뽑혔다.


二


천무서원은 무림맹의 후기지수들이 무공과 학문을 배우는 곳이었다. 그 규모가 중원 최대였다. 원생은 백여 명 남짓에 불과하지만, 건물은 열 개나 되었고 연무장도 다섯 개나 있었다. 각각의 건물에는 커다란 화원도 있었으며 아름답게 꾸며진 연못도 있었다. 간혹 수업을 들으려고 이동하려다 보면 멀리 떨어진 건물로 가야 할 때가 있었다. 그때는 너무 멀어서 마차를 타고 이동하는 경우도 있었다.

"이제 건물 이름은 대충 알겠지?"

"예, 사수!"

"그럼, 추공각이 어떤 곳이라고 했지?"

"저쪽에 있는 하얀색 건물이고, 교양 과목을 공부하는 곳이라고 했습니다."

"자네 생각보다 기억력이 좋군. 처음에는 다들 그게 그거 같아서 실수하게 마련이거늘.”

기무결은 새벽같이 출근을 했다.

그는 천무서원을 자세히 둘러보고 싶었지만, 사수에게 교육을 받느라 정신이 없었다.

기무결은 일을 하면서 틈틈이 보물이 묻혀 있을 만한 장소를 찾았다.

지도에는 두 개의 단서가 적혀 있었다.

—늑대의 형상을 닮은 바위를 찾으라. 거기에서 왼편으로 돌아가면 세 개의 소나무가 나오는데, 입구는 그중 가운데 소나무다.

바위가 특이한 만큼 쉽게 찾을 수 있을 것 같았지만, 워낙 무림맹이 넓어서 결코 만만치 않았다.

하긴, 천무서원을 둘러보는 데만도 며칠이 걸릴 것 같았다.

천무서원은 모든 무인에게 선망의 대상이었다. 일단 천무서원에 들어오면 출세는 따놓은 당상이기 때문이었다. 우수한 성적으로 졸업한 사람은 무림맹의 요직에 들어가 출세가도를 달릴 수 있었다. 꼭 무림맹의 요직이 아니더라도 천무서원을 졸업했다고 하면 어느 곳에 가서도 대우를 받을 수 있었다. 때문에 사람들은 온갖 빚을 내서라도 자녀를 천무서원에 보내려 했다.

그때 동쪽 하늘에서 해가 떠오르고 있었다.

사수의 움직임은 더욱 바빠졌다.

"건물 청소는 반드시 원생들이 등교하기 전에 끝내야 하네."

이런 왕족 학교에서 하인들이 돌아다니면 품격이 떨어진다나 어쨌다나.

하인들은 어지간하면 원생들 눈에 띄지 않게 움직였다.

새벽 일찍 출근하는 것도 이 때문이었다.

"다만, 주의할 점은 연공각은 청소할 때도 반드시 출입증을 받아야 한다는 점이네."

연공각은 다른 건물과는 다르게 창문이 온통 까맣게 칠해져 있어서 안을 들여다볼 수가 없도록 되어 있었다.

"절차가 생각보다 복잡하네요."

"그럴 수밖에 없지. 무인들은 자신의 진산절기를 목숨보다 더 소중하게 생각한다네. 그러니까 무공 수련을 보면 보물을 도둑맞은 것처럼 여긴단 말이지."

기무결은 자신도 모르게 눈살을 찌푸렸다.

'혹시 연공각에 늑대 형상의 바위가 있는 건 아니겠지?'

이 정도면 걱정도 팔자였다.

하지만 요즘엔 무슨 상황이 벌어지면 걱정부터 앞섰다.

"이보게, 어서 이쪽으로 오게."

사수가 황급히 화원 뒤쪽으로 기무결을 잡아끌었다. 화려하게 생긴 마차 한 대가 천무서원 안으로 들어선 것은 바로 그때였다.

"꼭 이렇게 죄인처럼 숨어야 합니까?"

"가급적 마주치지 않는 게 상책이니까 어쩔 수 없지."

"끙! 그나저나 무슨 원생이 마차를 타고 등교를 합니까?"

"명색이 왕족 학교 아닌가?"

"그래도 저 정도면 원생이 타고 다니기에는 무척 화려한데
요?"

기무결은 무슨 원장이나 직급 높은 선생이 타고 있는 줄 알
았다.

"클클! 놀라기에는 아직 일러. 저 정도 마차는 이곳에 널려
있네."

"예에?"

기무결이 채 놀라기도 전에 여러 대의 마차가 들어섰다.

하지만 그 마차들은 앞의 마차와는 비교할 수 없을 정도로
값비싼 보석과 장식들로 꾸며져 있었다.

'히야! 이건 뭐…… 아무리 과시하는 것도 좋지만, 돈 지
랄도 저 정도면 천하제일의 경지로군.'

왕족 학교이기에 가능한 일이었다. 하긴, 자기 돈으로 돈
지랄을 하겠다는데. 그 역시 보물만 찾으면 저 정도 수준의
마차는 시시해서 타고 다니지도 않을 것 같았다.

그때 늦게 나타난 마차 주인들이 먼저 온 마차 주인을 괴롭
히는 모습이 눈에 들어왔다.

"에잇, 누가 냄새나게 이 따위 마차를 타고 오나 했더니 역시 네놈이었군."

"아침부터 재수 없게, 저리 비키지 못해?"

"미, 미안해!"

"우리가 네놈의 친구냐? 어디서 반말이야?"

"죄… 죄송합니다."

"멍청한 새끼! 촌구석 상단의 아들이라 그런지 마차도 더럽게 없어 보이네."

"쯧쯧, 이런 거지 같은 놈들도 받아들이는 걸 보면 천무서원도 이젠 다된 거야."

원생들의 말은 기무결이 들어도 얼굴이 화끈거릴 정도로 모욕적이었다.

하나 더 놀라운 것은 당하고 있는 원생은 아무 소리도 못하고 있다는 것이었다.

"완전 개판이네요."

"어디 가서 그런 말 말게. 혹시라도 저들의 귀에 들어가면 자넨 목이 열 개라도 살아남기 어려울 게야."

사수의 말이 괜한 허튼소리로 들리지 않았다.

천무서원 내에서도 서열이 있었다. 서열의 정점은 역시 돈과 무공이었다. 한 번 찍히면 졸업을 하기 전까지는 벗어나기 어려웠다. 때문에 괴롭힘을 견디지 못하고 자살하는 원생도 더러 있었다.

"그나저나 저들의 얼굴을 잘 기억하고 있게. 마차에 조금이라도 흠집이 생기면 자넨 죽을 때까지 일을 해서 변상해도 부족할 테니까."

"마차라니요?"

"아차! 내가 말하지 않았던가? 원생들의 마차도 우리가 관리하네."

"예에?"

나 참, 더러워서. 아무리 하인이라지만 이건 너무 부려먹는 것 같았다.

기무결은 보물만 찾으면 이런 곳과는 상종도 하지 않을 테지만, 듣는 것만으로도 오만정이 다 떨어질 판이었다.

三

"추공각에는 없군."

이미 며칠이 지났지만 아직 단서 하나 찾지 못한 상태였다.

사수는 원생들 눈에 띄지 않도록 조심하라 일렀지만, 기무결은 이판사판이었다.

그는 낮에도 천무서원 곳곳을 돌아다녔다. 가장 먼저 천무서원부터 살펴보기로 했던 것이었다. 다행히 원생들의 모습은 보이지 않았다.

"문무서고는 인위적으로 산을 깎아 공간을 만든 흔적이 있는 게 특징이군."

바위는 없었지만 이래서는 쉽게 결론을 내리기가 어려웠
다. 공사를 하다가 바위를 없앴을 가능성도 있었기 때문이었
다.

"아차! 바위 왼쪽으로 길목이 나 있다고 했었지?"

그렇다면 길목을 찾는 것도 나쁠 것 같지 않았다.

기무결은 더욱 서둘렀다.

하지만 너무 열중해서 길목을 찾은 나머지 누군가 자신을
부르는 것도 몰랐던 게 실수였다.

"이봐!"

누군가 그의 귓가에 대고 고함을 질렀다.

기무결은 귀청이 떨어질 듯한 소리에 깜짝 놀라 시선을 돌
렸다. 언제 왔는지 그의 등 뒤에 하얀색 궁장을 입은 여인이
서 있었다.

십팔구 세 정도 되었을까? 아미월인 듯 아름답게 뻗은 눈
썹과 호수처럼 반짝이는 커다란 눈망울, 허리까지 치렁치렁
흘러내린 삼단 같은 머리카락! 그야말로 경국지색의 미녀였
다.

기무결은 여색에는 담담한 편이었지만, 한참 동안 멍하니
여인을 바라보았다. 이렇게 아름다운 여인은 난생처음이었
다. 하늘에서 선녀가 내려온 듯한 착각마저 일었다. 그녀가
화가 난 듯 얼굴을 살포시 찌푸리고 있었다.

"내가 몇 번을 부른 줄 알아?"

"그, 그렇습니까? 소인이 일을 하고 있던 중인지라 미처 듣지 못한 모양입니다."

"흥! 변명치고는 꽤나 구차하구나!"

그녀는 차갑게 코웃음 쳤다. 멀리서 기무결의 모습을 보고 있자니 뭔가에 놀라 허둥대는 것처럼 느껴졌고, 그것이 못내 수상하게 보였던 것이다.

"역시 네놈이 공범이었어. 당장 훔쳐 간 무공비급을 내놓아라."

"예? 소인은 아가씨가 무슨 말을 하는지 모르겠군요."

스릉!

그녀가 허리춤에서 검을 뽑아 들고 기무결의 목에 들이댔다.

"시치미를 떼도 소용없다. 네놈이 공범이 아니라면 왜 이곳에서 서성댔느냐?"

"끙! 서성댄 것이 아니라 소인은 천무서원의 하인입니다. 지금도 일하고 있는 중이구요."

"호오! 그렇다면 그놈이 하인을 매수했단 말이로군."

기무결은 황당하기 짝이 없었다.

그는 여인이 무슨 말을 하는지 하나도 이해할 수 없었다.

그렇다고 이렇게 아름답게 생긴 여인이 이유도 없이 자신을 범인으로 몰아붙이지는 않을 터.

'비급 때문인가?'

하필 이곳이 문무서고였다.

도둑이 무공비급을 훔치려다 붙잡혔다는 것 정도는 대충 알겠는데, 자신이 왜 공범으로 몰려야 하는지 이해할 수 없었다.

"끙! 영문은 알고 공범으로 몰려도 몰립시다."

"흥, 공범 주제에 말투가 꽤나 건방진 놈이로군. 하지만 궁금하면 알려주지."

그녀의 말에 따르면 방금 이 층 무공서고에서 누군가 비급을 훔치다 발각되는 사건이 벌어졌다. 도둑은 발각이 되자마자 책을 창문 밖으로 집어 던지려고 했고, 다행히 누군가 비급을 중간에서 낚아채서 창밖으로 떨어지는 사태는 막을 수 있었다.

하나 그 과정에서 책 한 장이 찢어져 나가면서 창밖으로 떨어져 나갔는데, 공교롭게도 가장 중요한 심법이 적혀 있는 부분이었다.

"그러니까 지금 그것 때문에 소생… 아니, 소인을 공범으로 의심한단 말입니까?"

"당연하지. 도둑의 목적은 비급 전부였겠지만, 발각이 되자 차선책으로 심법이 적힌 부분만 찢어서 전해준 게 틀림없어. 나는 이미 이 주변을 샅샅이 찾아보았지만, 그 어디에도 없었다. 그러니 네놈 말고 또 누가 있겠느냐?"

기무결은 눈살을 찌푸렸다.

듣고 보니 자신을 오해할 만하다는 생각이 들었다. 그러고 보니 그 역시 문무서고 주변을 살펴보았지만, 찢어진 비급 따위는 보이지 않았다.

"저, 정말 찢어진 비급이 창문 밖으로 떨어진 것이 맞긴 맞는 겁니까?"

"나 말고도 수십 명의 원생이 본 일이다."

"그, 그렇군요."

이러다 영락없이 도둑으로 몰릴 판이었다.

그때, 귀엽게 생긴 시비가 헐레벌떡 뛰어왔다.

"아가씨, 여기 계신지도 모르고 한참 찾았잖아요."

"영영아, 공범이 있었어. 이자가 초조하게 주변을 서성거리고 있더구나!"

"예에?"

"그러게 내가 처음부터 이번 일은 공범이 있을 것 같다고 했잖니?"

"아, 아가씨! 진짜 공범이 맞긴 맞는 거예요? 왠지 복장이……."

"걱정하지 마! 놈은 하인을 매수해서 무공비급을 안전하게 빼내려고 했겠지. 제법 교활한 계획이긴 했어. 하지만, 끝내 성공하지 못했어."

기무결이 공범이 아니라는 것을 증명하는 건 품속을 뒤져 보면 간단한 일.

하지만, 그건 안 될 일이었다.

지금 그의 소매 안에는 천무은형잠종대법이 들어 있었다. 때문에 기무결은 이러지도 저러지도 못했다.

원생들이 범인을 끌고 밖으로 나온 것은 바로 그때였다.

여인이 그들을 향해 손을 흔들었다. 아마 공범을 잡았다고 알리려고 하는 것 같았다.

설상가상이라더니 기무결은 눈앞이 캄캄해졌다. 바로 그때, 한줄기 바람이 불며 여인의 머리카락이 환상적으로 흩날렸다.

'그렇군.'

그는 왜 자신이 문무서고 주변에서 찢어진 비급을 보지 못했는지 알 것 같았다.


四


"역시 학 형이오. 이자가 비급을 훔치러 들어온 도둑이라는 건 어찌 알았나?"

"핫핫! 그리 대단한 일도 아닐세. 하체가 유난히 발달한 것을 보고 신법이나 경공에 조예가 깊을 것으로 생각했네."

"옳거니! 듣고 보니 그럴 수도 있겠군."

"한데, 천무서원에는 경공이나 신법을 전공한 사람이 없지 않나?"

"경공이나 신법으로는 무공에서 명성을 떨치기 어려우니까."

"단지 그것만으로 도둑으로 생각할 수 있단 말인가?"

"물론 아니지. 저자는 동영의 인자가 확실하네."

"혁? 이, 인자?"

"보폭이 무공을 배운 사람치고는 극히 좁더군. 이는 동영의 인자들이 갖는 특성으로 알고 있네."

"그, 그럼 정말로 동영의 인자가 사실이란 말인가?"

"하지만 동영의 인자와 중원의 무공은 아무 연관도 없지 않나? 그들이 위험을 무릅쓰고 천무서원에 잠입해서 비급을 훔칠 이유가 있을까?"

"그것까지는 나도 모르겠네. 하나 처음 보폭을 보고 의심을 했다가 하체를 확인하고는 확신을 했지."

"허! 자네의 안목은 정말 놀라울 따름이네."

원생들이 경악을 터뜨렸지만, 누구 하나 학인준의 말을 의심하는 사람은 없었다.

학인준은 천무서원 최고의 기재였다. 무공 실력도 발군이었지만, 학문에도 조예가 깊어서 지금까지 한 번도 일등 자리를 놓친 적이 없었다.

마지막 순간에 비급을 낚아챈 사람도 바로 학인준이었다.

아마 그가 아니었다면 천무서원이 생긴 이래 처음으로 비급을 도둑맞는 최악의 상황이 연출되었을 것이었다.

그를 좋아하는 여인이 많은 건 당연지사.

그 열기를 대변하듯 천무서원에는 학사추, 즉 학인준을 사모하는 여인들의 추진 위원회가 결성될 정도였다.

하지만 학인준은 일편단심!

그는 어려서부터 좋아하는 여인이 따로 있었다.

"아, 설 매! 검까지 뽑아 들고 거기서 무엇하고 있는 것이오?"

학인준이 저 멀리 여인을 보고 입가에 환하게 미소를 지었다.

화은설!

기무결을 공범으로 지목한 여인의 이름이었다.

그녀는 학인준과는 어려서부터 친구였고, 학인준이 일편단심 좋아하는 여인이기도 했다.

화은설은 전 무림맹주의 딸이었다. 그 미모가 워낙 절세적인지라 그 옛날 양귀비나 서시에 비견될 정도였다. 그녀는 무림맹의 영애로 어려서부터 부족함 없이 자랐지만, 십 년 전 화 맹주가 마도의 손에 죽은 이후 천애고아가 되었다. 그때 옆에서 힘이 되어준 사람이 바로 학인준이었다.

"학 공자! 내가 공범을 잡았어. 내가 처음부터 이번 일은 공범이 있을 것 같다고 했잖아?"

"공범이라고?"

"천무서원을 샅샅이 살펴봤지만, 찢어진 심법은 찾지 못했어. 대신 이자가 초조한 표정으로 두리번거리더라니까."

"그 말이 정말인가?"

학인준이 예리한 눈으로 기무결을 쳐다보았다.

"그, 그럴 리가 있겠습니까? 소인은 천무서원의 하인입니다."

복장은 확실히 천무서원의 하인 복장이었다.

그리고 앞뒤가 맞지 않는 부분도 있었다.

범인은 동영의 인자였다.

한데 공범은 중원의 사람이었다.

더구나 찢겨져 나간 심법이 보이지 않는데, 기무결은 초조한 표정으로 주변을 서성거렸다고 하지 않았던가? 이미 심법을 찾았다면 무조건 도망치고 볼 일이지, 주변을 서성거릴 이유가 없는 것이다.

"설 매, 이자는 공범이 아닌 것 같소."

"응? 그게 무슨 말이야?"

"후후! 그건 말이오."

학인준은 간략하게 이유를 설명해 주었다.

"그, 그렇구나!"

화은설은 실망한 나머지 기무결을 쳐다보았다. 그녀의 눈빛에는 아직 미련이 남아 있었다.

'휴우!'

기무결은 가슴을 쓸어내렸다.

혹시나 자신의 품속을 뒤질 줄 알고 얼마나 노심초사했는지 몰랐다.

"자자, 주변에 찢어진 비급이 있을 테니 잘 살펴보자구. 제법 바람이 부니 어쩌면 멀리 날아갔을 수도 있을 걸세."

"그럼 그럴까?"

누군가의 외침을 시작으로 원생들이 뿔뿔이 흩어져 찢어진 비급을 찾기 시작했다.

원생들은 처음엔 여유를 갖고 시작했던 일이었다. 하지만 시간이 지나도 찢어진 비급이 나오지 않자 조금씩 당황했다. 그들은 혹시나 싶어 인근에 있는 숲과 멀리 떨어진 정원까지 모두 살펴보았다.

"이상하네. 분명 여기 어딘가에는 있어야 정상이거늘……."

시간이 흐를수록 사태가 심각해지자 학인준까지 가세했다.

그는 혹시 원생들이 놓치고 지나친 부분이 있나 싶어 원점에서 수색을 시작했다. 하나 결과는 마찬가지였다.

벽사검법은 무림맹 내에서 서열 십 위 안에 드는 절정의 무공이었다. 더구나 심법을 익히지 못하면 초식도 익힐 수 없었다. 때문에 종이 한 장 잃어버린 것이 아니라 벽사검법 전체를 잃은 것과 마찬가지였다.

초조해지긴 기무결 역시 마찬가지였다.

지금은 오해가 풀리긴 했지만, 끝내 찢겨져 나간 심법을 찾지 못하면 결국 사람들은 다시금 그를 의심하게 될 것이 뻔했다.

기무결은 되도록 사람들 눈에 띄지 않으려고 했었다. 평소에도 절대 남들 눈에 띄는 행동을 하지 않는 게 원칙이거늘 하물며 보물을 찾아야 하는 지금은 두말할 나위도 없었다.

하지만 일이 이렇게 되고 보면 일단 위기를 벗어나고 볼 일이었다.

"아가씨, 무공서고는 저 끝에 있는 이 층 건물이 맞습니까?"

"그건 왜 묻는 거지?"

"소인이 아까부터 일을 하고 있었는데, 그 어떤 것도 본 적이 없었습니다. 그리고 이렇게 바람도 불고 있지 않습니까?"

"그게 뭐가 어때서?"

"아주 간단한 이치지요. 종이가 바닥에 떨어지다 바람결에 날려 저기 일 층에 있는 건물 안으로 빨려들어 간 것 같습니다."

기무결이 손가락으로 가리킨 곳에만 창문이 열려 있었다.

화은설이 가볍게 아미를 찌푸렸다.

그녀도 기무결의 말이 제법 그럴듯하게 느껴졌다.

하지만 하인의 말을 곧바로 받아들이기에는 왠지 자존심

이 허락하지 않았다.

"누가 너 따위 말을 믿을 것 같아?"

"그렇습니까? 그럼, 소인이 다른 분에게 가서 사실대로 말을 해드려야겠군요."

"자, 잠깐! 딱히 너 따위 말을 믿는 건 아니지만, 지금은 뭐, 시간도 남고 한가하기도 하니까 가보는 것도 나쁘진 않겠네."

"쯧쯧, 그러시겠죠."

일 층에 있는 건물은 모두 원생들이 부 활동을 하는 곳이었다. 평소에는 문을 잠가두기 때문에 관리실에서 열쇠를 받아야 들어갈 수 있었다.

"아가씨, 열쇠는 소녀가 가져올게요."

영영이 눈치 빠르게 열쇠를 받아 왔다.

그녀들이 문을 열고 안으로 들어서는 순간이었다.

"아가씨, 저기 있어요."

"그, 그러게."

화은설과 영영의 눈이 크게 치떠졌다. 창가에 멀리 떨어지지 않은 곳에 찢어진 비급이 나뒹굴고 있었다.

五

"화 아가씨라구요?"

"자네에게 누명을 씌웠다는 아가씨 이름이 화은설이란 말이네."

사수가 고개를 절레절레 흔들었다.

"화 아가씨의 미모는 천하에 짝을 찾을 수 없을 만큼 아름답지만 엉뚱한 면도 있고, 성격이 불같은 면도 있으시네."

"그렇군요."

"하지만 아주 불쌍하신 분일세. 일각에서는 화 아가씨를 재앙의 성녀라고 부르며 놀린다네."

기무결이 고개를 갸웃거렸다.

"아주 끔찍한 별호군요."

"심성은 아주 착하신 분일세. 그리고 전 무림맹주님의 무남독녀로 한때는 무림맹의 꽃으로 불리던 때가 있었다네."

전 무림맹주라면 기무결도 들은 적이 있었다.

화진악!

그는 한때 천하제일고수로 모든 강호인의 존경을 받았지만, 십여 년 전 말도 안 되는 추문에 휩싸인 채 죽었다.

그날 화진악이 양옆으로 기녀를 끼고 술판을 벌이다 기녀 문제로 마도의 고수들과 시비가 붙어 싸움이 일어났다. 문제는 마도의 고수들이 그리 이름이 나지 않은 자들이라는 것이었다.

당시 화진악이 제대로 몸을 가누지 못할 정도로 술에 만취한 상태였다는 것이었다.

하지만 더 큰 문제는 당시 화진악이 마약에 찌들고 기녀들에게 변태적인 행위를 하고 있었다는 것이었다.

가히 충격적인 일이었다.

무림맹은 물론이거니와 정파무림도 창피해서 고개를 들지 못할 정도였다. 또한 이름도 없는 마도 고수들과 기녀 문제로 싸우다 죽었다는 것은 두고두고 수치스러운 일로 회자될 것이었다.

사람들은 배신감에 치를 떨어야 했다.

무림맹주가 마도의 고수들에게 죽은 것도 믿기 힘든 일이었지만, 마약에 변태 행위는 도저히 용납할 수 없는 일이었다.

당시만 해도 천하제일세가로 명성이 드높았던 화씨세가였지만, 이 한 번의 추문으로 인해 끝없는 나락으로 떨어졌고, 십여 년이 지난 지금은 몰락을 해서 거의 존재를 찾기 어려웠다.

화은설은 화씨세가의 마지막 후계자인 셈이었다.

그녀는 세상의 모든 비난과 모멸을 받아가며 무림맹에 남아 있었다.

어린 나이에 견디기 쉬운 일은 아니었다.

하나 이대로 도망치면 화씨세가는 완전히 끝난다는 생각에 이를 악물고 참았다.

그녀는 어떻게 해서든 쓰러진 세가를 다시 일으켜 세우려고 했다.

그게 세상의 모진 비난과 모멸을 받아가면서도 버틸 수 있게 만든 힘이었다.

아마 쓰러진 세가를 다시 일으켜 세우겠다는 목표가 없었다면 무림맹을 도망쳐 나오는 것이 문제가 아니었다. 어쩌면 진작에 목숨을 끊었을지도 몰랐다.

'사람들이 재앙의 성녀라고 놀리는 이유를 알겠군.'

한마디로 왕따라는 소리였다.

그러고 보니 아까 학인준 말고는 다른 원생들의 표정은 차갑기 그지없었다.

그럼에도 불구하고 화은설은 전혀 기가 죽은 표정이 아니었다. 그런 걸 보면 대단한 여인 같다는 생각은 들었지만, 아무렴 어떤가? 기무결과는 전혀 상관없는 여인이었다.

아니, 꼭 그런 것만은 아닌 것 같았다.

앞으로 낮에는 가급적 움직이지 말아야겠다는 교훈을 얻었으니 말이다.

第六章

평형과 운동

一

　기무결은 하인들의 숙소에서 같이 지내고 있었다. 숙소는
열악하기 짝이 없어서 같이 먹고 같이 자는 것이 기본이었다.

　운기조식을 하기 위해서는 하인들이 모두 잠이 들었을 때
외에는 시간이 없었다. 다행히 하인들은 하루 일과가 힘들어
이경이 되기도 전에 곯아떨어졌다.

　그는 자는 척했다가 사람들이 잠에 깊이 빠져들면 조심스
럽게 자리에서 일어나 운기조식을 했다.

　매일 이런 식이었다. 아무리 피곤하고 힘들어도 운기조식
을 해야 하루 일과가 완전히 끝나기 때문이었다.

　천살마기란 천하에서 가장 예리하고 날카로운 기운으로,

천무은형잠종대법의 심법에 해당했다.

그리고 천살마기를 바탕으로 이루어지는 각종 살인기예는 하나같이 무시무시한 위력을 담고 있었다.

천무은형잠종대법은 총 이 장으로 되어 있었다. 일장에는 각종 살인기예가 있었는데, 이는 대부분 은밀하게 숨어서 암습을 하거나 저격하는 것이 특징이다. 살수의 무공이니 당연한 일이었다.

공력이 강해질수록 숨어서 저격할 수 있는 거리나 정확도도 높아지지만, 아직 천살마기를 수련한 지 일 년 정도밖에 되지 않아서 그 성취는 보잘 것 없는 수준이었다.

하지만, 요 며칠 전부터 뭔가 달랐다.

평소와는 다르게 진기의 흐름이 빨라졌다. 그 이후로 눈이 좀 더 또렷해진 것 같았고, 귀도 밝아진 것 같았다. 단순히 기분 탓이라고 하기에는 사람들의 귓속말까지 자세히 들렸다.

기무결은 한 번도 경험하지 못한 일에 당황할 정도였다.

"왠지 공력이 깊어진 기분이다."

스읔!

내기를 발출했다가 다시 안으로 갈무리했다. 그 속도가 한층 빨라져 그야말로 눈 깜짝할 사이였다.

원래 고수와 하수의 가장 큰 차이는 내기를 발출했다가 갈무리하는 시간이라 할 수 있다. 이 간극을 좁히면 모든 동작을 군더더기 없이 빨리 펼쳐낼 수 있기 때문이었다. 그런 점에서 기무결의 동작은 절정고수 못지않았다.

기무결이 조심스럽게 밖으로 나왔다.

달빛은 희미하고 바람이 불어 스산한 느낌이 드는 밤이었다. 예전 같으면 주변이 잘 보이지 않았을 텐데, 지금은 어둠 속에서도 선명하게 보이고 있었다.

"지금 같아서는 왠지 살인기예들을 수련해도 될 것 같단 말이지."

천무은형잠종대법의 근간이 되는 것은 운형과 풍형이었다. 그리고 운형과 풍형이 마지막 이장에 해당하는 무공이었다.

천무은형잠종대법은 전형적인 살수의 무공이었다. 모든 살인기예가 정상적인 것 하나 없이 일단 몸을 숨기고 은신하는 것부터 시작했다. 구름 속에 숨는 것이 운형이고 바람에 몸을 숨기는 것이 풍형이었다. 공력이 깊어지면 스스로 구름이 되고 바람이 될 수도 있는데, 당시 살수천자는 운형과 풍형으로 천하무림 위에 군림할 수 있었다.

하지만 기무결의 공력은 아직 거기까지 이르지 못했다. 반드시 구름과 바람이 있어야만 펼칠 수 있었다. 때문에 풍형을 시험하기에는 지금처럼 바람이 부는 날이 제격이었다.

기무결은 풍형의 구결을 떠올렸다. 그와 동시에 하늘 높이 뛰어올라 바람에 몸을 맡겼다. 정상적이라면 그의 몸이 바람과 하나가 되어 허공에 떠 있어야 하는데, 그만 바닥에 쿵 하고 떨어지고 말았다.

"으윽! 허리야. 왜 실패한 거지? 분명 정확하게 따라했거늘."

기무결은 그 후에도 수십 번을 도전했고, 수십 번을 실패했다.

그렇게 얼마나 시간이 흘렀을까?

기무결의 온몸은 땀으로 범벅이 되어 있었다.

"헉헉! 그, 그렇군. 공력을 단전에 팽팽하게 모은 상태에서 구결을 읊조리는 것이었어."

그냥 구결만 읊으면 백날 실패할 수밖에 없었다.

기무결이 마지막으로 풍형을 펼쳤다. 그의 몸이 한줄기 바람이라도 된 듯 부드럽게 움직였다. 본능적으로 자신의 몸이 바람과 하나가 되었다는 느낄 수 있었다.

'성공이다.'

기무결은 뛸 듯이 좋아했다.

그야말로 칠전팔기였다. 수십 번의 실패를 겪었기에 기쁨이 더 컸다.

하지만 사람들 눈에 보이지 않는지는 확인할 수 없었다.

그는 여전히 자신의 팔과 발 등이 보이기 때문이었다.

바로 그때였다.

삐익 하며 숙소의 문이 열리고 누군가 게슴츠레한 눈을 비비며 밖으로 나왔다. 종칠이란 중년인이었다. 기무결이 그를 발견하고 눈빛을 반짝였다. 종칠은 성질이 더럽고 무척 게으른 자였다. 자신이 할 일을 계속 기무결에게 떠넘겨서 얼마나 낭패를 당했는지 몰랐다.

'옳거니, 잘 걸렸다. 네놈을 상대로 시험을 해보면 되겠구나!'

종칠은 오줌이 마려워 측간에 가던 중이었다.

"아저씨!"

"응? 누구냐?"

종칠이 주변을 둘러보았지만 아무도 없었다.

"아직 잠이 덜 깼나? 분명 목소리가 들린 것 같았는데 이상하네."

그가 고개를 갸웃거릴 때였다.

"아저씨, 저 모르세요?"

"으헉? 귀, 귀신이다."

종칠의 얼굴이 새파랗게 질렸다. 아무리 주위를 둘러보아도 사람의 모습은 보이지 않았다.

기겁하는 종칠의 모습을 통해 기무결은 풍형이 완벽하게 펼쳐졌다는 것을 확인할 수 있었다.

"흐흐, 내가 귀신이라는 것을 용케도 알았구나! 내 정체를 알아낸 이상 네놈을 지옥으로 데려가야겠다."

기무결이 종칠의 어깨를 잡아채는 순간이었다. 종칠은 두려움이 극에 달한 나머지 입에 거품을 물고 까무러치고 말았다. 그와 동시에 바지에 오줌마저 지렸다. 바지는 보기에도 흉하게 젖어 있었다.

툭!

기무결이 모습을 드러내고 바닥에 내려섰다.

"후후! 이거 생각보다 쓸 만한 걸?"

이것이 고금오대마학의 위력이었다.

이제 겨우 펼칠 수 있는 수준에 불과한데도 풍형의 능력은 무서울 정도였다.

"좋아, 이제부터 운형을 수련한다."

二

"일 분기 기말시험은 실기로 대신하겠다."

선생의 입에서 시험 얘기가 나오자 원생들이 원망의 소리를 터뜨렸다.

"너무해요. 중간시험이 끝난 지 얼마나 됐다고 벌써 기말시험입니까?"

"자자, 모두 조용! 며칠 전에 동영의 인자가 무공서고에 침입한 것은 너희도 잘 알고 있을 것이다. 하지만, 놈을 형옥에 가두고 심문을 하려던 찰나 이빨 사이에 끼워둔 독단을 깨물어 자결을 했다."

일순 교실 안은 조용하게 변했다.

"무림맹 내부에서는 동영의 인자가 벽사검법을 노린 이유를 알아내기 위해 정예 조직을 투입해야 한다고 주장했다. 하지만 일각에서는 이번 기회에 천무서원 원생들의 실력을 확인하길 원하고 있다."

"그럼, 실기라고 하셨던 것이……."

"너희가 생각하는 대로다. 그들이 무슨 이유로 벽사검법을 노렸는지를 알아내는 것이 첫 번째 임무이고, 두 번째는 그들의 거점이 어디에 있는지 알아내는 것이다."

하긴, 이 부분은 어제 원생들도 느꼈던 의혹이었다.

"그럼 동영까지 가서 알아내야 하는 겁니까?"

"그럴 일은 없다. 분명 중원 어딘가에 그들의 거점이 있을 것이다."

"그렇게 확신하는 근거라도 있으십니까?"

"동영의 인자들과 벽사검법이 아무런 연관이 없다는 것이 그 근거다. 그건 곧 누군가의 청부를 받았다는 것일 테고, 중원에서 암약을 하지 않고는 청부를 할 수도, 받아들일 리도 없다는 소리다."

원생들은 일제히 고개를 끄덕였다.

인자들이 중원에 건너와 살수 단체를 만든 건 전례가 없는 일이었다.

어쩌면 상당히 위험한 임무가 될 수도 있었지만, 원생들은 누구 하나 주저하거나 망설이지 않았다.

"두 가지 임무를 모두 완수하면 어떻게 되는 겁니까?"

"당연히 월반이다. 어쩌면 바로 천무서원을 조기 졸업하고 요직에 들어갈 수도 있을 것이다."

"우와!"

"그게 정말입니까?"

조기 졸업은 누구나 꿈꾸는 일이었다.

하지만 아직 조기 졸업을 한 사람은 아무도 없었다.

학인준이 그나마 가능성이 있지만, 아직까지는 간신히 월반을 할 수 있을 정도였다.

"조 편성은 너희가 원하는 대로 해도 괜찮다. 대신 조원이 많으면 임무를 완성해도 점수가 적게 돌아갈 것이고, 조원이 적으면 위험부담은 커지겠지만 점수는 많이 돌아갈 수 있다는 것을 명심하도록."

기간은 기말시험이 끝나는 순간까지였다.

종이 울리고 선생이 밖으로 나가기 무섭게 원생들은 서로 원하는 사람을 조원으로 끌어들이기 위해 한바탕 소란이 일었다.

원생들 사이에서 가장 인기가 높은 건 역시 학인준이었다.

"학 형, 우리 조로 와주면 안 될까?"

"그러지 말고 우리 조로 와주세요, 학 공자님!"

"제안은 고맙지만, 나는 이미 생각해 둔 사람이 있네."

학인준은 수많은 원생의 유혹을 뿌리치고 화은설에게 다

가갔다.

"설 매, 어디 들어간 조는 있소?"

"쳇, 그까짓 조는 들어가서 뭐해? 서로 와달라고 어찌나 사정을 하던지. 하지만 다들 평범해 보여서 내가 싫다고 깠어."

말은 그렇게 해도 사정을 모를 리 없었다.

아마 모든 원생이 화은설을 철저히 외면했을 것이었다.

"후훗! 그럼 잘됐군. 설 매, 나하고 같이 사건을 조사하지 않겠소?"

화은설은 고개를 흔들었다.

"나를 신경 써준 것은 고맙지만, 사건을 해결해도 사람들은 모두 학 공자가 했다고 믿을 거야."

지금만 해도 그랬다.

원생들이 불쾌하고 싸늘한 시선으로 화은설을 쳐다보고 있었다. 그들은 아마 화은설이 학인준의 덕을 보기 위해 그의 제안을 냉큼 받아들일 것이라고 생각한 것 같았다.

그래서였다.

화은설도 학인준과 같이 조를 편성하고 싶었지만, 마음을 강하게 먹었다.

"설 매, 그러지 말고 나와 같은 조가 되어주시오. 결코 설 매를 동정해서가 아니요. 설 매처럼 권각법이 뛰어난 사람도 천무서원에서 찾기 어렵지 않소? 분명 우리가 힘을 합치면 멋지게 사건을 해결할 수 있을 것이오."

화은설도 표정을 진지하게 바꾸었다.

"그렇게 말해줘서 고마워, 학 공자! 하지만, 잃어버린 아빠의 명예를 되찾기 위해서는 나 혼자 힘으로 일어설 수밖에 없어."

화은설이 입술을 깨물었다.

어느새 그녀의 눈에서 눈물이 흘러내렸다.

"미안하오, 설 매! 내가 괜히 아픈 곳을 건드려서……."

"아니야, 학 공자! 내가 또 주책을 부렸네."

화은설이 손등으로 눈물을 닦고 혀를 귀엽게 내밀었다.

"두고 봐! 모두가 나를 비웃고 있겠지만, 반드시 내 손으로 사건을 해결해서 월반을 하고 말 거야. 그래서 아빠의 명예를 되찾고 화씨세가의 무공이 천하제일이라는 것을 증명해 보이고 말겠어."

꿍!

학인준은 더 이상 아무 말도 할 수 없었다.

"쳇, 이번에야말로 학 공자의 콧대를 납작하게 꺾어주겠어. 우리 이번에는 정당당당하게 선의의 경쟁을 해보자구, 학 공자!"

그녀가 손을 내밀었다.

'휴! 이번에도 설 매와 함께하지 못하는군. 도대체 언제쯤이면 내 마음을 알아줄 것이오?

화은설이 교실 밖으로 나가자 제갈사란이 말을 걸어왔다.

"아직 어떤 조에도 들어가지 못했다며? 생각 있으면 우리 조에 올래?"

"말씀은 고맙지만, 사양할게요. 아무리 급해도 언니가 만든 조에는 전혀 흥미가 없네요."

제갈사란의 말이 호의가 아니라는 것쯤은 한눈에 알 수 있었다. 그녀의 눈빛이 화은설을 비웃고 있는 것이 그 증거였다.

"싸가지 없는 건 여전하구나! 재앙의 성녀가 이번에는 어떤 일로 우리를 놀라게 할지 벌써부터 기대가 되네."

"호호! 열등감에 쩌는 언니 모습도 여전하네요. 나를 질투할 시간에 피부 미용에나 좀 더 시간을 투자하지 그래요?"

"뭐야? 열등감?"

화은설과 제갈사란이 무서운 눈빛으로 서로를 노려보았다.

그녀들은 천무서원에서 사이가 안 좋기로 유명했다.

제갈사란은 자신보다 나이도 어린 화은설이 기릴 데도 없으면서 거만하게 구는 것이 못마땅했다. 또한 그녀는 당금 무림맹 맹주의 딸이었다. 미모면 미모, 지혜면 지혜. 그녀는 무림맹에서 가장 빛나는 꽃이었다.

그건 천무서원에서도 마찬가지였다. 왕족 학교라는 천무서원에서 제갈사란을 능가할 만한 미모를 지닌 여인은 찾아보기 힘들었다.

하지만 화은설에 가려 그녀는 항상 이인자 신세를 면치 못하고 있었다. 무림맹에서도 그렇고 천무서원 내에서도 마찬가지였다.

"홍! 하긴, 너에게는 학 공자가 있었지. 이번에도 마음 착한 학 공자가 화은설을 도와줄 텐데 뭐가 걱정이야? 덕분에 너는 별다른 노력도 하지 않고 월반을 할 수도 있겠네?"

화은설이 피식 웃었다.

"아! 맞다. 얼마 전에 언니가 학 공자에게 고백을 했다가 거절당했다고 했었죠? 내가 학 공자와 친하게 지내는 것을 보면 질투가 많이 나시나 봐요?"

"야, 너?"

제갈사란이 금방이라도 울 것 같은 표정으로 온몸을 부들부들 떨었다.

그녀는 오래전부터 학인준에게 마음을 두고 있었지만, 정작 학인준은 일편단심 화은설만 바라보고 있었다.

"그래, 맞다. 너에게는 그 잘난 화씨세가의 무공이 있었지. 마도의 삼류 쓰레기들에게 당한 무공! 이번에 어디 한 번 잃어버린 화 맹주의 명예를 되찾아봐."

호호호!

제갈사란이 깔깔 웃었다.

화은설은 분노한 나머지 손을 부들부들 떨었다. 눈물이 쏟아져 나오려는 것을 가까스로 참았다.

십 년 전 화 맹주가 죽은 이후 일각에서는 화씨세가가 세상을 속이고 맹주 자리를 차지했다고 수군거렸고, 어떤 자들은 화 맹주를 도둑놈이라고 욕을 하기도 했다.

그녀는 분하고 억울했다.

화씨세가가 지리멸렬한 지금 그녀의 힘으로 증명하는 수밖에 없었다.

'반드시 사건을 해결하고 월반을 하겠어. 천하에 화씨세가가 도둑의 무리가 아니라는 것을 증명하고 말겠어.'

三

운형과 풍형은 몸을 숨기는 것만 놓고 보면 비슷해 보이지만, 성격이 전혀 달랐다.

운형은 구름이 흘러가듯 은밀하게 잠입하는 데 장점이 있었다.

그에 반해 풍형의 장점은 한줄기 바람을 이용해 상대의 눈을 속이는 데 있다. 워낙 위력이 강해서 한 번 펼치면 열이면 열 요격에 성공한다.

하지만 오랫동안 몸을 숨기지 못한다는 단점이 있었다.

잠입은 운형으로.

그리고 암살이나 요격은 풍형으로.

천무은형잠종대법의 두 번째 단계는 이 두 개의 무공으로 요약할 수 있었다.

기무결은 운형과 풍형을 깨달은 지 얼마 되지 않아 아직 공력이 높은 고수들의 이목을 속일 정도는 아니었지만, 대신 날이 어두워지면 그 위력이 한층 더 강해졌다.

그는 밤이 되면 천살마기를 수련하는 동시에 운형을 이용해 무림맹 곳곳을 돌아다니며 지형을 찾았다.

곳곳에 경계 무사들이 있었고, 순찰을 도는 자들도 있어서 조금도 긴장의 끈을 놓을 수 없었다.

해가 뜨고 아침이 되면 다시금 평범한 하인으로 돌아갔다.

이제 이 생활도 어느 정도 적응이 되었다.

하인들과 안면이 트다 보니 농담도 주고받고 술도 한 잔씩 걸칠 때가 있었다.

기무결은 시녀들 사이에서 인기가 좋았다.

일단 하인답지 않게 생긴 준수한 외모 때문이었다.

다른 하인들은 기무결을 부러워했지만, 정작 기무결은 시녀들에게 눈길조차 주지 않았다.

여전히 단서를 찾는 일은 지지부진했다.

아무래도 낮에는 단서를 찾는 게 쉽지 않았다.

하루에 쓸고 닦아야 할 전각이 몇 개이며 연무장을 관리하는 게 또 몇 개인지 몰랐다.

하지만 무엇보다 낮에 움직이면 천무서원의 원생들과 마

주칠 수 있다는 것이 문제였다.

그는 화은설과 마주친 이후 낮에는 극도로 몸을 사리는 중이었다.

낮에 시간이 나면 아무도 없는 곳에 짱 박혀 무공을 수련했다. 요즘 한창 풍형과 운형의 연구와 수련에 빠져 있었다.

풍형과 운형은 모두 삼 단계로 나뉘어져 있었다. 바람과 구름을 이용해 몸을 숨기는 건 가장 기초적인 단계인 첫 번째였다.

일 단계 풍형과 운형은 몸을 숨기는 것이 전부였지만, 그 위력은 상상을 초월할 정도로 무시무시했다.


─냇물이 모여 강물이 되고 강물이 모여 바다가 되듯 천무은형 잠종대법 역시 마찬가지다. 일 단계를 냇물에 비유한다면 이 단계는 강물이라 할 수 있다. 냇물이 아무리 세차게 흐른다 해도 강물에 비할 바는 아니다.


살수천자는 단계를 확실하게 나누었다.

일 단계의 풍형과 운형에 필요한 구결이 따로 있었고, 이 단계의 풍형과 운형의 구결이 또 따로 있었다. 또한 일 단계의 초식들을 펼치기 위해서는 그에 대한 심법이 있어야 했고, 이 단계의 초식들을 수련하기 위해서도 그에 대한 심법이 따로 있었다.

일 단계의 살인기예들은 암살과 저격 등이라면 이 단계는 적들과 정면으로 싸울 수 있는 것들이 담겨져 있었다.

이때는 사실 살수의 무공이라고 하기보다는 절정급 고수라 부르는 편이 더 빨랐다.

하지만 아쉽게도 이 단계 공력을 익히지 못했다면 초식도 수련할 수 없었다.

기무결은 아쉬운 마음에 입맛을 다셨다.

사람이 언제나 숨어서 암살이나 저격만을 할 수는 없는 노릇이다. 피치 못해 정면으로 대결할 수도 있다.

하나 지금 기무결의 공력은 이제 겨우 일 단계의 풍형과 운형을 펼칠 수 있는 수준에 불과했다.

이 단계부터 풍형과 운형은 인간계를 벗어난 무공이라 할 수 있었다.

먼저 풍형은 바람 속에 숨어 살기를 날려 보낼 수 있었다. 즉, 굳이 모습을 나타내지 않아도 되고 호흡을 참을 필요도 없었다. 한줄기 바람만 있다면 완벽한 은신이 가능했다.

몸을 숨긴 상태에서도 초식을 펼칠 수 있기 때문에 그 위력은 더욱 무서워질 수밖에 없었다.

암기를 바람 속에 숨길 수도 있었다. 흔적이나 소리가 나지 않고 오직 느낄 수 있는 것은 바람 소리뿐이었다. 때문에 당하는 사람은 자연스럽게 바람이 곧 살기라고 느끼게 된다.

—풍형의 궁극의 절기는 바람을 살기로 만드는 것이다.

이것이 바로 풍형의 삼 단계였다.

이는 수중무검 심중유초와 같은 경지로 굳이 검이 필요하지 않았다.

바람이 곧 살기가 된다면 천하에 누구도 적수가 될 수 없었다. 바람에 스치는 것만으로도 부상을 입거나 죽을 수도 있었다. 더구나 풍형의 삼 단계는 바람을 스스로 만들 수 있기 때문에 때와 장소에 구애를 받지 않았다.

"삼 단계는 가히 무적의 무공이라 할 수 있구나!"

하지만 아직 일 단계 풍형에 머물러 있는 기무결에게는 꿈같은 일이나 마찬가지였다.

풍형이 공격 일변도라면 운형은 수비적인 것이었다. 단순히 자신의 모습만 감출 수 있는 것이 아니라 상대의 모습을 사라지게 만들 수도 있고, 원하는 물건을 숨길 수도 있었다. 주변 환경과 똑같은 모습과 색깔로 동화되는 건 기본이었다.

시간은 유수처럼 흘러갔다.

기무결은 매일 밤 무림맹 곳곳을 돌아다니며 단서를 찾는 한편 무공 수련을 게을리하지 않았다.

四

"아가씨 혼자 동영의 인자를 찾으러 가신단 말씀이세요?"

"너도 참. 내가 해결하지 못할 것 같아?"

화은설은 자신 있는 표정으로 말했지만, 영영은 속으로 한숨을 내쉬었다.

굳이 말을 듣지 않아도 어떻게 된 일인지 알 것 같았다. 사실 이런 일이 한두 번 있었던 것도 아니었다.

무림맹 내에서 화은설에게 호의적인 사람은 몇 명 되지 않았다.

그건 천무서원 안에서도 마찬가지였다.

아니, 왕족 학교를 표방한 천무서원은 대놓고 왕따가 이뤄지고 있었다. 그녀에게 말을 거는 사람도 없거니와 아는 척하는 사람도 없었다. 어지간한 사람은 투명인간 취급을 받으면 정신적인 충격에 제대로 된 생활을 하지 못하지만, 화은설은 생각보다 긍정적이면서도 강한 정신력을 가지고 있었다.

더구나 그녀에겐 소꿉친구인 학인준이 있었다.

천무서원에서 학인준의 위치는 실로 대단했다. 그는 무림맹 최고의 후기지수였다. 무공이면 무공, 성적이면 성적, 그리고 인품까지. 천무서원 원생들은 모두 학인준을 따르고 있어서 그가 내심 마음에 품고 있는 화은설을 대놓고 무시하진 못했다. 그건 바로 학인준을 무시하는 것이기 때문이었다.

하지만 말을 걸지 않거나 아는 척하지 않는 것까지 학인준이 뭐라고 할 수는 없었다.

그건 화진악이 추악한 모습으로 죽은 이후 정해진 운명이었다.

사실 무림맹 내에서는 화은설도 쫓아내야 한다는 목소리가 비등했었다.

하나 그러기에는 당시 화은설의 나이가 겨우 일곱 살에 불과했고, 화씨세가마저 몰락한 상태였다. 일곱 살 어린 꼬마를 쫓아내는 건 무림맹 입장에서도 난처한 일이었다.

아무튼, 화은설은 그렇게 무림맹에 남게 되었지만 천덕꾸러기 신세를 면할 수는 없었다.

영영은 그래서 더 고민이었다.

화은설은 화씨세가를 일으켜 세우기 위해 온갖 굴욕과 모욕을 견뎌가며 천무서원에 남아 있었지만, 시간이 흐를수록 상황은 더욱 안 좋게 흘러만 가고 있었다.

이번 일만 해도 그랬다.

모든 원생이 조를 편성해서 함께 움직이고 있는데 화은설만 혼자 덩그러니 남은 것이다. 그녀는 모든 일을 긍정적으로 생각하고 있었지만, 영영은 괜히 눈물이 나올 것 같았다.

'아가씨!'

영영의 마음은 먹먹해져 갔다.

화씨세가의 부활은 그녀가 생각해도 불가능한 일이었다. 차라리 무림맹을 떠나면 이런 치욕과 모멸도 받지 않고 행복하게 살 수 있을 것 같았다.

동영의 인자를 찾는 임무는 조원을 편성해서 유기적으로 움직여도 수행하기 어려운 일이었다. 하물며 혼자서 가는 건 위험천만한 일이었다. 만에 하나 일이 잘못되면 반드시 죽을 수밖에 없기 때문이었다.

하지만 화은설에겐 선택의 여지가 없었다.

모두가 그녀를 기피하고 있었고, 매번 학인준에게 기댈 수도 없었다. 혼자서 임무를 수행하는 것이 어렵다는 건 그녀도 알고 있지만, 그래도 긍정적으로 생각하고 싶었다.

임무를 수행하기 위해서는 필요한 물건이 많았다.

우선 새로운 신분증을 발급을 받아야 했고, 그에 맞는 모습으로 변장을 해야 했다. 무엇보다 활동비가 필요했다.

화씨세가는 몰락한 지 오래.

천무서원도 겨우겨우 다니는 상황이라 화은설에게는 한 달 가까이 강호에 나가 활동할 수 있는 돈이 필요했다.

그걸 재무부에 신청해서 미리 받아내야 했다.

하지만 재무부 사람들은 불친절하기 짝이 없었다. 그녀에게 건성으로 대답하고 절차를 밟았다.

"혼자서 임무를 수행하겠다는 말인가요? 다른 조원들은 없어요?"

"그래요. 뭐가 잘못되기라도 했나요?"

"그건 아니지만……."

여기저기서 킥킥거리며 웃는 소리가 들려왔다.

사람들의 얼굴에는 한심하다는 기색이 역력했다.

화은설은 이제 이런 모습은 면역이 되었지만, 여전히 자존심이 상했다.

하지만 아무 말도 하지 않고 재무부를 나왔다.

예전에는 따지고 사과를 요구한 적도 있었지만, 그러면 피곤해지는 사람은 그녀 자신이었다.

"다음에는 신분증이구나!"

벌써부터 피곤이 몰려왔다.

이미 몇 번 경험한 일이지만, 쉽게 신분증을 발급해 주지 않을 것이다. 또 한 차례 조롱을 당할지도 몰랐다.

천무서원에서 가장 힘든 것이 조원을 편성해서 과제를 하거나 임무를 수행하는 것이었다.

학인준과 조를 만들면 쉽고 편하겠지만, 그럼 뒤에서 수군거리는 사람들 때문에 자존심이 상했다. 사람들은 그녀를 학인준에 빌붙어 먹고사는 기생충 정도로 생각하고 있었다.

이젠 그녀 혼자서 할 수밖에 없었다.

죽음 따위는 두렵지 않았다.

하나 모든 게 막연하기만 했다.

거점을 알아내는 건 기대도 하지 않았다.

어디에 가야 동영의 인자의 정보를 알아낼 수 있는지조차 모르고 있었다.

설령 운이 좋아서 정보를 알아내고 거점을 확보했다고 해도 문제였다. 그들이 무슨 이유로 벽사검법을 노렸는지 알기 위해서는 잠입을 해야 가능한 일이었다.

이때는 단순히 무림맹에서 발급받은 신분증으로는 접근조차 할 수 없었다.

신분 위조.

지금 그녀에겐 이런 능력이 필요했다.

추각의 요원들은 나름대로 신분 위조를 할 수 있다고 들었지만, 천무서원에서는 아직 배운 적이 없었다. 적어도 신분 위조가 능수능란하게 이루어져야 적진에 잠입을 해서 원하는 정보를 무사히 빼올 수 있었다.

때문에 다른 조에서는 추각에 가서 신분을 위조하는 방법을 배우고 있다고 들었지만, 화은설에게는 모두가 비협조적이었다.

화은설은 한숨을 내쉬었다.

비각으로 향하는 그녀의 발걸음이 점점 무거워지고 있었다.

第七章

위조 전쟁

一

어째 보물찾기가 장기화되는 조짐이었다.

형산에 무림맹이 들어서면서 지형이 많이 바뀌었고, 그로 인해 단서를 찾는 것이 어려웠다. 무림맹이 워낙 넓은 것도 한 가지 이유였다.

그렇다고 초조하게 생각하진 않았다.

이곳은 무림맹이었다.

기라성 같은 고수가 모래알처럼 많이 모여 있었고, 정파를 대표하는 극강의 고수들도 있었다.

괜히 마음을 급하게 먹었다가 정체가 발각이라도 되는 날 엔 단순히 일이 물거품으로 변하는 것으로 끝나는 것이 아니라는 뜻이었다.

시간이 조금 더 걸릴지언정 확실하게 처리하는 게 중요했다.

그날도 새벽같이 출근해서 천무서원의 전각을 쓸고 닦고 청소했다. 정오가 되어 간단히 밥을 먹고 인근 주변을 조사하려고 할 때 문제가 터졌다.

"취취가 등룡각을 청소하다 도자기를 깨뜨렸대."

"등룡각이라면 광동 용문장의 그 망나니?"

"그러니까 문제지. 용화성 그 망나니가 예전부터 취취를 눈독 들이고 있었잖아."

하인들과 시녀들이 걱정스러운 표정으로 쑥덕거렸다.

용문장은 광동성에서 꽤나 이름이 알려진 무가였다. 일권무적이라 불릴 정도로 권법에 정통했고, 두 주먹에서 쏟아져 나오는 기세는 가히 무림 일절로 통하기에 손색이 없었다.

용화성은 용문장의 소장주였다.

그는 가문의 위세를 믿고 힘이 약한 원생들을 괴롭히는 것은 물론이고 시녀들을 희롱하는 짓을 일삼아왔다.

지금까지 몇 번이나 시녀들을 강제로 추행하고 문제를 일으켰고, 그때마다 용문장에서 거액의 돈으로 사건을 덮곤 했다.

시녀들 사이에서 용화성은 기피 대상이었다.

매번 등룡각을 청소하러 갈 때는 도살장으로 끌려가는 것 같은 기분이었다.

하지만 이번에는 조금 특이한 경우였다.

용화성이 추행을 한 것도 아니었고, 취취가 실수로 도자기를 깨서 거액을 변상해야 할 처지였다.

사실 취취는 한 달 정도만 있으면 그동안 모은 돈으로 고향으로 내려갈 생각이었다.

그녀가 열 살에 무림맹에 들어와 딱 십 년이 흘렀다. 그동안 모은 돈도 어느 정도 있었고, 무림맹에서도 노예가 아닌 이상은 하인들과 시녀들에게 편의를 제공해 주고 있었다.

"도자기가 당나라 때 만들어진 것이라며?"

"나도 예전에 우연히 본 적이 있었는데, 꽤 오래전에 만들어진 것 같긴 하더라구."

도자기가 오래되었다는 건 시녀들은 물론 하인들까지도 알고 있는 일이었다.

때문에 도자기가 당나라 때 만들어진 것인지는 몰라도 상당히 비쌀 것이라는 데엔 아무런 이견이 없었다.

도자기는 오래될수록 가격이 비싸진다.

만에 하나 당나라 때의 물건이라면 당연히 몇백 냥이 넘을 것이다.

그건 일개 시녀의 능력으로 해결할 수 없었다.

그녀가 지난 십 년 동안 모은 돈으로는 턱도 없는 일이었다.

용화성은 취취에게 몸으로라도 변상하라고 요구했다.

한 달 뒤에는 자유의 몸.

용화성의 요구는 결코 무리한 것이 아니었고, 오히려 수백 냥의 빚을 탕감해 주기 때문에 나름 관용을 베풀었다고도 할 수 있었다.

취취는 고개를 떨구고 눈물을 흘렸다. 이제 한 달 후면 고향으로 내려가 식구들과 함께 지낼 생각에 희망에 부풀어 있었다.

그야말로 청천벽력이었다.

자신도 왜 그런 실수를 했는지 몰랐다. 먼지를 털려고 살짝 건드리기만 했었는데 도자기가 바닥에 떨어져 내릴 줄 몰랐다.

취취라면 기무결도 알고 있었다.

일전에 자신에게 사랑 고백을 했던 시녀였기 때문이었다. 그때는 꽤 대담하다는 생각을 하면서도 일언지하에 거절한 기억이 있었다.

'이거 왠지 냄새가 나는데?'

몇백 냥이나 되는 돈을 포기하고 몸으로 때우라는 것은 사전에 충분히 의도했을 가능성이 있었다. 무공 고수가 도자기 하나 깨뜨리는 건 일도 아니었다.

그래서였다.

겨우 시녀 한 명 어떻게 해보겠다고 수백 냥이 넘는 도자기를 버린다?

세상에 아무리 돈이 많은 거부라 할지라도 쉽지 않은 일이었다. 물론 여색에 미친 자라 해도 마찬가지였다. 그 돈이면 차라리 취취보다 더 아름다운 여인을 얼마든지 안을 수 있기 때문이었다.

그렇다면 결론은 하나.

도자기가 가짜라는 소리였다.

"망나니라 했으니 충분히 그럴 수도 있겠군."

기무결이 눈살을 찌푸렸다.

도자기를 오래된 것처럼 만드는 일은 변형하는 것밖에 없었다. 그리고 이건 위조범들이 자주 쓰이는 수법 중 하나이기도 했다.

하지만 무림맹에서, 그것도 명문세가로 알려진 용운장의 소장주가 시녀를 취하기 위해 도자기를 변형해서 사기를 쳤다는 사실은 황당하기 짝이 없었다.

二

취취의 사건은 무림맹의 고수들 사이에서 잠깐 화제가 되긴 했지만 금방 잊혀지고 말았다.

사실 일개 시녀의 일이었다.

무림의 고수들이 시녀의 일에까지 관심을 기울일 리 없

었다.

더구나 누구도 용화성이 가짜 도자기를 진짜로 둔갑시켰다는 생각은 하지 못했다. 오히려 몇백 냥이 넘는 돈을 취취의 몸으로 받아내는 그 배포와 아량에 감탄하는 모습이었다.

천무서원의 원생들은 중원 최고의 재력을 가진 무가의 자제들이었지만, 그래도 수백 냥이 넘는 빚을 그냥 탕감해 주는 것은 쉽게 할 수 없는 일이었다.

억울하게 생각하는 건 하인들과 시녀들이었지만, 그렇다고 그들이 대놓고 말을 할 수 있는 입장은 아니었다.

영영은 취취와 무림맹에 들어온 시기가 비슷했다. 그리고 나이도 비슷해서 오래전부터 친하게 지내왔었다. 취취의 불행은 결코 남의 일이 아니었다.

"이 바보야, 조심해서 청소하지 그랬어?"

"흑흑! 워낙 비싼 물건처럼 보여서 나도 조심해서 먼지를 털었단 말이야."

취취는 지금 생각해도 도자기가 바닥에 떨어진 이유를 이해할 수 없었다.

그녀는 도망치고 싶은 생각뿐이었다.

이대로 가면 용화성의 노리개로 전락할 것이 뻔했다.

하지만 일개 시녀가 무림맹의 눈을 피해 도망칠 곳은 세상 어디에도 없었다. 아마 도망간 지 하루도 되지 않아 붙잡혀 되돌아올 것이 뻔했다.

화은설은 한숨을 내쉬며 고개를 절레절레 흔들었다.

도와주고 싶은 마음은 굴뚝같았지만 달리 방법이 없었다.

이번 일을 해결하는 방법은 오직 하나.

바로 돈이었다.

그리고 돈에 관해서는 화은설이 더 간절한 상황이었다. 화씨세가가 몰락한 이후 화은설 역시 겨우 생활하고 있는 정도였다.

그녀가 용화성을 찾아가 취취의 딱한 사정을 설명해 봐야 결과는 뻔하다. 그 개망나니 성격에 그녀까지 모욕을 당하지 않으면 다행인 것이다.

'나도 왕따를 당하고 있는데, 내 말이 씨가 먹히겠어?'


용화성은 웃음이 나오려는 것을 억지로 참고 있었다. 무엇보다 표정 관리가 중요했다. 대내외적으로는 그가 몇백 냥짜리 도자기를 잃고도 관용을 베풀어 취취를 시녀로 삼는 것으로 되어 있었다.

하지만 알고 보면 도자기는 싸구려 위조품이었고, 암거래 시장에서 스무 냥도 안 되는 돈에 구입한 것이었다.

그는 오래전부터 취취를 노리고 있었다.

그러던 것이 이제야 오랜 염원이 이루어졌으니 덩실덩실 춤이라도 추고 싶은 심정이었다.

"흐흐, 그러게 처음부터 순순히 본공자의 품에 안겼으면 좋았을 것 아니냐?"

그의 입가에 승리의 미소가 떠올랐다.

형식적으로는 취취를 시녀로 삼는 것이었다.

하나 그건 눈에 단지 구색 맞추기에 불과했고, 노리개 그 이상도 이하도 아니었다.

하지만 지금 당장 취취를 시녀로 데려올 수는 없었다. 그녀는 아직 무림맹의 시녀였고, 계약이 끝나려면 한 달이나 남아 있었기 때문이었다.

그동안 참은 날이 얼마인데 까짓것 한 달을 못 참을까?

그래도 앞으로 한 달이 꽤나 길어질 것 같았다.

"이럴 때는 그저 술이 최고지."

용화성은 천무서원에서 함께 어울려 다니는 친구들에게 찾아가 술을 마셨다. 그들도 모두 질이 좋지 않기로 유명한 자들이었다.

"그나저나 자네 진심인가?"

"뭐가 말인가?"

"자네 성격에 몇백 냥짜리 도자기가 깨졌는데 관용을 베풀었다는 것이 쉽게 믿어져야 말이지."

그들은 친구인데도 불구하고 용화성의 처소에 있던 도자기가 위조품이라는 것을 모르고 있었다.

아니, 누구도 몰라야 하는 일이었다.

혹시라도 이게 알려지면 가문에 먹칠을 하기 때문이었다.

"흐흐, 자네들도 알고 있지 않나? 내가 오래전부터 취취에게 눈독을 들였다는 것을 말이네."

"그렇다면 일부러 그 계집을 취하기 위해 도자기를 깨뜨리기라도 했다는 말인가?"

"흐흐, 자네들 편한 대로 생각하게."

용화성은 굳이 부인하지 않았다.

"쩝! 이 친구 이거 단단히 미쳤군. 그깟 시녀 하나 때문에 몇백 냥짜리 도자기를 날린단 말인가?"

"나름 풍류가 있고 괜찮지 않나?"

"자네의 배포가 이렇게 큰 줄 몰랐군."

"용운장이 광동성에서 명성을 떨치고 있다는 말은 들었지만, 생각보다 재력이 뛰어난 모양이군. 우린 그 같은 행동은 꿈도 꿀 수 없네."

친구들도 나름 한 지역에서 이름깨나 날리는 집안의 자제였다. 때문에 알게 모르게 재력이나 배경에 묘한 경쟁심을 갖게 되는데, 용화성의 기백에 압도당한 나머지 쓴 입맛을 다셔야만 했다.

'크크크.'

용화성은 이래저래 기분이 좋았다.

그동안 친구들에게 조금 밀린다고 생각했던 것을 위조품 도자기로 한 방에 역전시킬 수 있었다.

그는 기분 좋게 거나하게 취한 모습으로 자신의 처소에 들어섰다.

"응?"

문득 그의 침실에 못 보던 물건이 하나 있었다.

바로 도자기였다.

"이런 게 언제 있었지?"

그는 가까이 다가가 도자기를 보는 순간 술기운이 확 사라지고 두 눈을 크게 치떴다.

"이, 이건?"

三

약간 어설프긴 했지만 당나라 때 유행하던 양식의 도자기였다. 단순히 양식만 비슷한 게 아니라 제법 오래된 것처럼 보였다.

아마 이쪽에 조예가 없다면 감쪽같이 속았을 테지만, 용화성은 위조품에 제법 조예가 깊었다.

"이건 위조품이다."

술기운이 확 달아났다.

어떤 놈이 장난을 쳤는지 모르지만, 이건 자신이 취취에게 사기 쳤던 것과 비슷한 것이었다.

문득 도자기가 놓여 있던 곳에 작은 쪽지 한 장이 있는 것을 발견했다.

용화성은 재빨리 쪽지를 펼쳐 보았다.

—**나는** 네가 한 일을 알고 있다.

몇 마디 되지 않았지만, 용화성은 온몸에 소름이 돋는 듯한
충격에 빠졌다.

"서, 설마 취취에게 했던 것을 알고 있단 말인가?"

말도 안 된다.

친구들도 모르고 심지어 용운장에도 이 같은 사실을 비밀
로 하고 있었는데, 다른 누군가 알고 있다는 건 불가능한 일
이었다.

"혹시 그자들이?"

의심 가는 자가 있다면 바로 암거래 시장에서 물건을 거래
했던 자들밖에 없었다.

위조한 도자기가 그것을 말해주고 있는 것 같았다.

그는 즉시 무림맹을 나와 마을 외곽으로 달려갔다. 그곳 토
지묘 지하에 암거래 시장을 연결해 주는 중개인이 있었다.

"아이구, 손님! 이번엔 또 무슨 일로 오셨습니까?"

애꾸눈 사내는 한눈에 용화성을 알아보고 반갑게 소리쳤다.

그가 바로 중개인이었다.

용화성은 허리춤에서 검을 뽑아 들고 애꾸눈 사내의 목에
들이밀었다.

"개수작하지 말고 누가 이걸 보냈는지 불어라."

"지, 지금 무슨 소릴 하는 겁니까?"

"네놈들이 이 위조품을 본공자의 침실에 두고 가지 않았느냐?"

용화성이 도자기를 내밀었다.

그제야 애꾸눈 사내는 사태의 심각성을 깨닫고 정색을 했다.

"용 공자께서 뭔가 오해가 있는 모양인데, 우리 암거래 시장은 고객의 비밀 엄수를 생명으로 알고 있습니다."

"그럼, 이건 무엇으로 설명할 것이냐?"

"그, 그건?"

애꾸눈 사내가 도자기를 한참 들여다보았다.

당나라 시대 진품처럼 보이긴 했지만, 위조품이 맞았다. 풍화작용을 거친 것처럼 보이기 위해 여기저기 작업한 흔적이 보였던 것이다.

"이건 우리 솜씨가 아닙니다. 한눈에도 위조품이라는 것을 알아볼 수 있는데, 우리가 겨우 이런 허접한 물건을 만들 것 같소?"

"으음."

그건 그랬다.

그가 이곳 암거래 시장에서 산 위조품은 실로 대단해서 어지간한 안목을 지닌 사람도 감쪽같이 속일 수 있었던 것이다.

그에 비해 지금 그가 들고 있는 위조품은 확연하게 질이 떨어졌다.

그럴 수밖에 없었다.

그건 기무결이 급하게 만든다고 여러 공정을 빼고 간략하게 만들었기 때문이었다. 그래도 기무결의 솜씨는 무서울 정도였다.

장비도 없었고, 시간도 부족한 상황에서 뚝딱 진품처럼 보이는 위조품을 만들어냈으니 말이다.

사실 기무결이 나선 건 취취를 돕기 위해서만은 아니었다.

정파의 이름 아래 위선을 떨고 있는 모습이 가증스러웠기 때문이었다.

배알이 꼴렸다.

아무 능력도 없는 인간이 집안 위세만 믿고 설쳐 대는 모습이 꼴사납기 그지없었다.

저런 개망나니 같은 것들이 나중에 무림맹의 요직에 들어가 얼마나 거들먹거리며 무고한 사람들을 쥐 잡듯 하며 지낼까?

하지만 상대는 용운장이었다.

일이 잘못 틀어지면 벌집을 건드리는 것과 마찬가지일 것이었다.

그는 운형을 펼쳐 등룡각에 잠입했고, 용화성이 친구들과 술을 마시고 있는 시각에 위조품을 두고 올 수 있었다.

등룡각에 하인들이 있었지만, 공력이 없는 그들로서는 기무결의 운형을 알아채기 힘들었다.

四

용화성은 범인이 무림맹 안에 있다는 것을 깨달았다. 의외의 일이었지만 감히 용운장을 건드린 이상 가만히 있을 수 없었다.

그는 등룡각으로 돌아온 이후 범인을 색출하는 데 골몰했다.

"친구들일까? 아니면 왕따 자식?"

몇몇 얼굴이 그의 눈앞에 어른거렸다.

의심을 갖고 생각하니 모두가 의심스러웠다. 특히 그가 매일 괴롭히고 왕따시키던 원생은 충분히 가능성이 있었다.

그는 수업 시간마다 친구들을 관찰하고 왕따 원생을 지켜보았지만, 평소와 다른 행동은 찾을 수 없었다.

그렇다고 그가 먼저 다가가 위조품에 대해 이야기를 할 수는 없지 않은가?

용화성이 의문을 품은 채 등룡각에 돌아왔을 때, 그의 침실에 또다시 도자기가 놓여 있었다.

"으으."

용화성의 얼굴이 심하게 일그러졌다.

더 황당한 것은 이번에는 당나라 시대보다 더 연도가 오래된 양식의 위조품이었다.

—아직도 늦지 않았다. 나는 네놈이 한 일을 알고 있다.

미치고 팔짝 뛸 노릇이었다.

위조 연도는 더 오래된 것인데, 어제보다 위조품이 정교해져 있었다. 도자기를 위조하기 위해서는 풍화작용이 중요한데, 어제는 표면이 매끄럽지 못했던 데 반해 이번의 것은 상당히 매끄럽고 자연스러워서 인위적인 작업이 들어갔다는 생각이 전혀 들지 않았다.

용화성의 온몸에 식은땀이 주르륵 흘러내렸다.

암거래 시장에서 위조한 것이 아니면 도대체 어디서 위조품들을 구한 것인지 귀신이 곡할 노릇이었다.

놈의 의도는 이제 확실했다. 자신의 짓을 알고 있으니 자수해서 죗값을 치르지 않으면 만천하에 폭로하겠다는 것이었다.

아직도 늦지 않았다는 글귀가 그것을 말해주고 있었다.

하지만 겨우 이런 것으로 굴복할 그가 아니었다.

증거가 없었다. 자신이 위조품으로 취취를 옭아맸다는 증거가 어디에도 없었던 것이다. 깨진 도자기는 그날 그가 직접 제거했고, 단 한 점의 증거도 남겨두지 않았다.

용화성은 내심 자신이 있었다.

누구도 그의 범죄 행각을 증명할 수 없었다.

어쩌면 놈도 증거가 없으니 이런 식으로 자신을 압박해 오는지도 모른다고 생각했다.

"크크, 괜히 마음을 졸였군."

용화성은 겨우 마음의 안정을 되찾았다.

자신이 끝까지 버티고 있으면 놈도 더 이상 어쩌지 못할 것이었다.

과연 그의 생각을 증명이라도 하듯 다음 날에는 아무 일도 일어나지 않았다. 그리고 그 다음 날도 마찬가지였다.

용화성은 이제 아무 일도 일어나지 않을 것이라는 확신이 들었다.

결국 이번 싸움에서 자신이 승리한 것이다.

하지만 이대로 가만히 넘어가기에는 놈의 정체가 궁금하기 짝이 없었다. 물론 용운장을 상대로 전쟁을 걸어온 자를 그냥 두기에도 자존심이 허락하지 않았다.

"끝까지 네놈을 추적해서 요절을 내고 말리라."

용화설이 이를 갈아붙였다.

사건이 벌어진 것은 사흘째 날이었다.

그가 천무서원에서 공부하고 돌아오자 침실에 세 개의 도자기가 있었다.

연도도 다양해서 춘추전국시대부터 한나라, 그리고 송나라 시대까지.

위조품들은 한층 더 정교해져 있었다.

용화성은 잠시 기가 막혀 말문이 막히고 말았다.

이놈이 포기한 것이 아니라 위조품을 정교하게 만들기 위해 지난 사흘 동안 시간을 가졌다는 것을 깨달았다.

이젠 정말 암거래 시장에서 거래하던 것들과 별반 차이가 없었다.

"이, 이 정도 실력이라니……. 이놈이 정말 무림맹 내에 있는 게 맞긴 맞는 건가?"

위조품이 너무 정교하다 보니 다시금 암거래 시장 쪽이 의심스러웠다.

이번엔 쪽지는 없었다.

대신 각기 다른 명의의 차명계좌 두 개가 있었다.

대명전장의 것이었다.

"남경에 있는 그 대명전장?"

중원 곳곳에 지부가 있어서 용화성도 알고 있는데, 너무나도 똑같았다. 차명계좌의 형식이라든지 직인이 찍혀 있는 것까지.

처음엔 이게 무엇을 뜻하는지 이해하지 못했다. 차명계좌는 그의 것도 아니었고, 그는 이런 거래 따위는 하지도 않았다.

하지만, 잠시 정신을 집중하고 차명계좌를 들여다보니 하나는 암거래 시장과 거래한 것이고 다른 하나는 일반 사람들과 거래한 것들이었다.

"서, 설마?"

용화성이 무엇을 떠올리고 헛바람을 토해냈다.

아무래도 차명계좌는 위조 도자기를 사고 판 것들인 것 같았다. 그리고 위조 도자기는 그의 침실에 있었다. 그렇다면 차명계좌의 명의가 그의 것이 아니라 할지라도 오해를 받기 쉬웠다.

자고로 차명계좌가 무엇이던가?

다른 사람의 명의로 전장에서 돈거래를 하는 것이다.

그러니 굳이 용화성의 명의로 되어 있을 필요가 없다는 뜻이었다.

"이, 이런 미친!"

용화성은 이것이 함정이라는 것을 깨닫고 경악했다.

바로 그 순간 문이 열리고 침실에 사람들이 들이닥쳤다.

감찰부의 요원들이었다.

그들은 무림맹 내의 온갖 비리를 감찰하고 조사하는 자들이었다.

"오해입니다. 이것들은 소생의 것이 아닙니다."

용화성은 들고 있던 차명계좌를 바닥에 집어 던지며 소리쳤지만, 감찰부의 요원들은 딱딱하게 굳어진 얼굴로 대꾸했다.

"닥치지 못할까?"

"증거가 눈앞에 있는데 거짓말이냐?"

그들은 현장에서 용화성을 체포했다.

용화성이 아무리 억울함을 호소해 봤자 믿어주는 사람은 아무도 없었다.

이번에는 증거가 너무 결정적이었다.

위조한 도자기들에 두 개의 차명계좌까지.

용운장이 손을 써서 사건을 무마해 보려 했지만, 이미 너무 늦은 뒤였다.

취취의 일은 그것으로 해결이 되었다.

그녀가 깨뜨린 도자기도 위조품일 것이란 의견이 대두되었고, 상당한 설득력을 얻었다.

사람들은 분노했다. 용화성이 위조품을 진품인 듯 속여 취취를 노리개로 삼으려고 했다는 것을 깨달았기 때문이었다.

하물며 정파에서 엄히 금하고 있는 위조품을 거래한 죄목은 무엇으로도 용서받기 어려웠다.

무림맹은 용화성을 엄벌로 다스렸다.

용운장은 이제 단순히 용화성의 죄를 무마하는 게 중요한 것이 아니었다. 자칫 용운장의 근간이 흔들릴 수도 있었다.

그들은 읍참마속의 심정으로 용화성을 엄벌로 다스려 달라고 무림맹에 청원했지만 이미 천하의 인심은 용운장을 떠난 상태였다.

그들은 광동성 내에서도 인심을 잃어 급격히 몰락하는 비운을 맛보아야 했다.

第八章

전용 마부

一

멀쩡한 사람 하나 골로 보내는 건 기무결에겐 일도 아니었
다.

용화성은 증거가 없는 걸 가지고 자신만만했지만, 사실 증
거 따위 필요 없었다.

기무결은 전혀 다른 쪽으로 공격해 들어갔다. 설마 차명계
좌까지 위조해서 옭아맬 줄은 꿈에도 생각하지 못했던 일이
었다.

눈에는 눈, 이에는 이라 하지만, 이건 상상을 초월하는 일
이었다.

용화성이 취취에게 했던 건 애교 수준이라 할 수 있었다.

문서를 위조하는 건 기무결의 전공 분야였다.

차명계좌?

평범한 사람들에겐 엄청나게 크게 보일지 몰라도 기무결은 눈을 감고도 위조할 수 있었다.

위조한 도자기도 있어서 굳이 차명계좌를 추적하진 않겠지만, 설령 추적한다 해도 상관없었다. 그건 예전에 그가 거래했던 사람들의 명단이니까 말이다.

그리고 무림맹이 황실이나 관아도 아닌 이상 위조품과 관련해서 수사를 확대해 나가지는 않을 거라고 확신했다.

뭐, 수사한다 해도 별 소득은 얻지 못할 것이다. 소문이 퍼진 이상 암거래 시장을 비롯해서 중개인 역시 자취를 감췄을 것이고, 차명계좌에 나온 사람들은 용화성과 거래한 적이 없으니 계속 부인할 것이다. 수사가 교착 상태에 빠질 건 불을 보듯 뻔한 일이었다.

지난 사흘 동안 잠잠했던 것은 용화성이 예측했던 것처럼 도자기 위조에 한층 정성을 들였기 때문이었다.

그도 그럴 것이 마지막 순간에는 감찰부에 정보를 흘려 한순간에 끝낼 생각이었던 것이다. 그러기 위해서는 무엇보다 위조의 질이 좋아야만 했다.

감찰부 요원들이 들이닥쳤을 때 용화성의 표정은 가히 압권이었다.

기무결은 멀리 떨어진 곳에서 모든 상황을 지켜보고 있었기 때문에 용화성의 작은 표정 하나까지 놓치지 않았다.

감찰부에 정보를 흘린 사람도 기무결이었다. 그는 익명으로 감찰부에 투서를 넣었다. 용화성이 위조 도자기를 매매하고 있다고. 그리고 지금 그의 침실에 모든 증거가 있다고.

감찰부는 누가 투서를 넣었는지 알아보려 했지만, 천무서원에서 용화성과 관계가 안 좋은 사람의 짓으로 판단하고 그만두었다.

기무결은 다시 일상으로 돌아왔다. 밤이 되면 단서를 찾기위해 열중했고, 낮에는 평범한 하인이 되어 천무서원을 쓸고닦고 청소했다.

여전히 단서는 찾지 못하고 있었지만, 범위를 조금씩 좁혀가고 있기 때문에 실망할 상황은 아니었다.

무림맹은 용화성 사건으로 어수선했다.

그도 그럴 것이 용화성은 무림맹 안에서 위조품을 거래한것이다. 전례가 없던 일이었다. 무림맹은 혹시라도 이런 일이또 벌어질까 싶어 천무서원의 원생들을 상대로 감찰을 강화했다.

친구들은 그동안 감쪽같이 속은 것에 분노했다. 누구도 용화성을 동정하는 사람이 없었다.

천무서원은 발 빠르게 움직였다. 용화성을 학적에서 지워버리고, 입학 자체를 아예 없애 버린 것이다.

취취는 다시금 자유의 몸으로 돌아왔다.

하인들과 시녀들이 뛸 듯이 좋아한 건 당연지사. 그들은 두 세 명만 모여도 용화성을 욕하고 성토하기에 정신이 없었다.

다행히 누구도 기무결을 주목하는 사람은 없었다.

하긴, 이번 일에 의혹을 가진 사람이 단 한 명도 없으니 당 연한 일이었다.

하지만 엉뚱하게도 이번 사건을 은밀하게 조사하고 다니 는 사람이 있었다.

누구나 용운장이라고 생각할지 모르겠지만, 의외로 화은 설이었다.

당시 기무결이 익명으로 감찰부에 투서를 넣을 때, 화은설 은 지원을 받기 위해 감찰부에 있었다.

그녀는 처음 투서 내용을 알고 감찰부와 같은 생각을 했었 다.

"당연히 천무서원 내에 있겠지."

용화성은 천무서원 안에서도 평판이 그리 좋지 않았고, 여 러 사람과 원한 관계에 있었다. 충분히 누군가 음해하기 위해 투서를 넣을 수 있다고 생각했다.

하지만 이게 웬걸?

투서의 내용은 모두 사실이었다.

그녀는 누가 투서를 넣었는지 궁금했다. 가장 의심이 가는 사람들을 관찰했지만, 정작 그들도 아무것도 모르고 있는 눈 치였다. 오히려 그들은 용화성이 잘못된 것이 놀랍고도 즐거워서 표정 관리를 제대로 하지 못할 정도였다.

만약 자신이 투서를 넣었다면 저렇게까지 표정을 관리하지 못할 리가 없었다.

"이상한 일이네."

귀신이 곡할 노릇이었다.

천무서원에 없다면 무림맹 내에도 없어야 정상이었다.

화은설은 어쩌면 이게 단순한 투서가 아닐 수도 있다는 생각이 들었다.

그녀는 형옥으로 용화성을 찾아갔다.

용화성은 감찰부에서 조사를 마친 다음 형옥에 갇혀 있는 상태였다.

용화성은 처음엔 제대로 말을 해주려 하지 않았다.

하지만 화은설이 몇 마디 도발을 건네자 마침내 참았던 화산이 폭발하듯 용화성이 분노를 토해냈다.

"화은설, 이제 보니 네년은 그놈이 보낸 앞잡이로구나!"

"그, 그자라니 그게 무슨 말이죠?"

"매일 위조 도자기를 보내고 나를 협박하고서 모른 척하겠다는 것이냐?"

"혀, 협박을 했다고?"

"흥! 모든 걸 알고 있다고 협박하지 않았느냐?"

"마, 말도 안 돼!"

화은설은 멍하니 용화성의 얼굴을 쳐다보았다.

"흥! 가서 똑똑히 전해라. 그놈이 도자기를 위조하고 차명 계좌까지 위조해서 나를 이 모양 이 꼴로 만들었지만, 아직 나는 죽지 않았어."

도자기를 위조한 것도 놀라운 일이거늘 차명계좌까지 위 조했단다.

화은설은 눈빛을 반짝였다.

이것이야 말로 그녀가 추각에 가서 배우고 싶던 것이지 않 던가?

"추각인가요?"

"미친! 추각에서 그런 비열한 짓을 할 리 없잖아?"

하긴 그랬다.

바로 감찰부에 연락을 취하면 끝나는 일이었다.

"그럼, 추각 말고 무림맹 내에 위조에 능수능란한 사람이 있다는 말이군요."

"짜증 나게 그걸 왜 계속 나에게 물어?"

용화성이 자리에서 벌떡 일어섰다.

그는 감옥으로 돌아가기 전에 화은설을 돌아보며 소리쳤 다.

"그놈이 어떻게 내가 도자기를 위조해서 취취를 궁지에 몰 아넣은 걸 알았는지는 모르겠지만, 반드시 복수하고 말 테 다."

화은설은 용화성의 경고가 하나도 귀에 들어오지 않았다.

추각의 요원들 말고 위조에 능수능란한 사람이 있다는 말은 처음이었다. 그리고 그는 처음부터 용화성이 위조품으로 취취를 곤경에 빠뜨린 것을 알고 있는 듯했다. 위조 도자기는 자신도 본 적이 없는데, 그 의문의 사람은 어떻게 그걸 알아보았을까? 하나부터 열까지 모든 것이 의문투성이였다.

　"도대체 누굴까?"

　화은설은 정체불명의 그자를 만나고 싶었다.

　그녀는 지금 절박한 상황에 처해 있었다.

　그녀에겐 위조술이 필요했다. 굳이 가르쳐 주지 않아도 신분을 완벽하게 위장시켜 주기만 해도 괜찮았다.


二


　화은설이 자신을 찾고 있다는 것을 우연히 알게 되었지만, 기무결은 그리 걱정하지 않았다.

　그는 이곳에서 하인에 불과했다.

　누구도 그를 주목하는 사람이 없었고, 어디에서도 의심이 갈 만한 행동을 한 적도 없었다.

　평소와 다를 건 없었다.

　화은설이 무슨 이유로 자신을 찾고 있는지는 알 수 없었다.

　하지만 그것이 용화성을 돕기 위한 것이 아님은 확실했다. 처음 취취의 사건이 벌어졌을 때 그녀가 누구보다 취취를 격

정했다는 것은 시녀들과 하인들 사이에서 유명한 일이었기 때문이었다.

평소와 다를 바 없었다.

그는 여전히 평범한 하인으로 열심히 일했다.

기무결이 무림맹에 들어온 지도 어느새 한 달이 되어가고 있었다.

처음에는 낮에 무림맹을 돌아다니지 않았지만, 어느 정도 적응이 된 지금은 조금씩 돌아다니고 있었다.

그리고 마침내 의외로 천무서원에서 멀지 않은 곳에서 단서를 찾을 수 있었다.

"이거다."

기무결의 눈빛이 흥분으로 물들었다. 수풀 속에 오래전에 사용했던 소로의 흔적이 숨어 있었다. 지금은 사용하지 않아서 소로의 흔적이 거의 사라진 상태였다. 아마 꼼꼼하게 확인하지 않았다면 놓치고 지나쳤을 것이었다.

"흔적을 보면 여기서부터 시작된 것 같고, 소로가 저쪽으로 이어지니까 왼쪽이 확실하군."

그리고 소로가 시작되는 곳에는 원생들이 전공과목을 듣는 천향원이 있었다. 그렇다는 건 바위를 밀고 건물을 지었다는 소리.

이 정도면 거의 모든 정황이 보물지도에 적힌 것들과 일치했다.

"이제 소나무 세 개가 있는지 확인하는 일만 남은 셈이군."

드디어 이 고생도 끝이 날 것 같았다.

아무리 적응이 되었다고는 하지만, 하인으로 살아가는 건 그리 유쾌한 일이 아니었다.

이제 소나무를 찾아 보물이 묻힌 장소만 찾아내면 이 지긋 지긋한 생활도 끝이었다.


"아가씨, 지금 한가하게 용 공자 사건을 조사하고 있을 때가 아니에요. 내일이면 무림맹을 떠나야 한단 말이에요."

지금 화은설 보면 동영의 인자를 찾으러 가는 것보다 용화성의 사건을 캐는 데 더 열중하고 있었다.

화은설이 빙그레 웃으며 말했다.

"따로 준비할 게 뭐 있겠니?"

"없기는 왜 없어요. 장거리 여행이 될 테니까 옷을 많이 준비할게요. 노숙을 할지도 모르니까 침낭도 준비하구요. 참, 배고프면 안 되니까 음식도 많이 챙겨 가서야 해요."

"나 원 참. 어디 놀러 가니? 그 많은 짐을 들고 어떻게 극비 임무를 수행하는데?"

"헤헤! 그것도 그러네요."

영영은 실없이 웃어 보였지만, 속으로는 한숨을 내쉬었다.

다른 원생들을 보면 신분을 위장한다거나 모습을 변장하고 은밀하게 움직일 계획이었다.

그건 당연한 일이었다. 임무가 위험할수록 혼자 움직이는 것이 요원들의 기본이었다.

하지만 그건 집안에 돈이 넉넉한 사람일 경우였다.

화은설은 재무부에 활동비를 겨우 타서 움직이는 처지인지라 매일 객잔에 들어가 밥을 먹고 잠을 잘 수 없었다.

그렇다고 귀하게 자란 화은설이 날마다 노숙을 할 수도 없는 처지였다.

때문에 할 수만 있다면 생필품 정도는 가져가는 게 가장 효과적이었다.

"그래, 마차를 타고 가면 되겠구나!"

"예에? 마차를 타고 다니면 사람들 눈에 더 띌 수 있어요."

"뭐, 어떠니? 기왕 돈을 절약할 생각이라면 마차에 바리바리 짐을 들고 갈 수밖에 없잖아."

"그, 그건 그렇지만……."

영영이 말끝을 흐렸다.

"한데, 아가씨! 우리는 마차를 끌 마부도 없잖아요?"

"흐음… 생각해 보니 마부 생각을 못 했네."

영영이야 오래전부터 그녀와 함께 자라왔기 때문에 단순히 시녀라기보다는 가족 같은 개념이었다.

하지만 마부는 그렇지 않아서 꼬박꼬박 월급을 줘야 하는데, 지금 화은설의 형편이 먹고 죽으려고 해도 돈이 없다는 것이 문제였다.

그때, 저 멀리 무언가 찾기 위해 서성거리고 있는 기무결의 모습이 보였다.

그날 비급 사건 이후로 처음 만나는 것이었지만, 화은설은 한눈에 기무결을 알아볼 수 있었다.

화은설이 고개를 갸웃거렸다.

저번에도 기무결은 주변을 서성거리더니 오늘도 그러고 있었다.

"참, 그때는 제대로 사과도 하지 못했었지?"

물론 찢겨져 나간 심법을 되찾은 것도 기무결 때문에 가능한 일이었지만, 고맙다는 말도 하지 못했었다.

그녀는 기무결에게 다가갔다.

"이봐요."

기무결은 가급적 화은설을 피하고 싶었다.

그녀가 자신을 찾고 있다는 것도 그랬지만, 마주쳐서 좋을 게 하나 없었다.

기무결이 황급히 청소하는 시늉을 하며 슬금슬금 옆으로 자리를 옮겼다.

"이봐요, 내 말 안 들려요. 잠깐 거기에 서보라구요."

이번에는 기무결이 확연하게 표시가 날 정도로 멀찍이 도망쳤다.

순간 화은설의 아미가 꿈틀거렸다.

"거기 못 서?"

말이 곱게 나올 리 없었다.

화은설이 씩씩거리며 기무결의 앞을 가로막았다.

"왜 나를 보고 도망쳤지?"

"도, 도망을 치다니요? 소인은 청소를 하느라 아가씨가 오는 줄도 몰랐습니다."

"흥! 그것참 신기하군. 요즘은 허겁지겁 달리면서 청소를 하는 모양이지?"

화은설이 연신 콧방귀를 뀌었다.

사슴 같은 눈망울이 족제비눈처럼 쭉 찢어져 기무결을 잡아먹을 듯 째려보았다. 잔뜩 화가 나 있는 표정이었다.

하긴, 자신이 생각해도 너무 표시 나게 도망친 것 같았다.

"끙! 소인을 찾아오신 이유가 겨우 청소를 했는지 확인하기 위해서입니까?"

화은설이 눈썹을 꿈틀거렸다.

황당하게도 기무결은 자신을 쌩까는 것은 물론이고 이젠 말대꾸에 따지기까지 했다.

그녀는 이렇게 버릇이 없는 하인은 처음이었다.

기무결을 공범으로 오해한 미안함은 사라진 지 오래. 그리고 기무결의 도움으로 찢어진 비급을 찾았다는 고마움도 저 멀리 날아간 뒤였다.

대신 그녀는 단단히 별렀다.

저놈의 버르장머리를 고쳐 놓지 않고는 화가 풀릴 것 같지 않았다. 그렇다고 그녀는 신분의 우월함을 이용해 찍어 누르는 식의 방식은 선택하지 않았다.

"얼렁뚱땅 말 돌릴 생각 하지 마라. 방금 청소하러 왔다는 네놈의 손에 어찌 청소도구가 하나도 없는 것이냐?"

"아차!"

기무결은 뒤늦게 자신에게 청소도구가 없다는 것을 깨달았다.

"흥! 결국 네놈은 나를 보았고, 내가 부르는 것을 듣고서 일부러 도망친 것이다. 이래도 아니라고 발뺌을 하려느냐?"

"그, 그게 그러니까……."

이쯤 되면 기무결도 변명이 궁색해질 수밖에 없었다.

보통의 경우라면 당연히 해명을 하고 넘어가야 하는데, 기무결은 무조건 무시하기로 마음을 먹었다. 최악의 경우는 단단히 혼이 난 채 이곳에서 쫓겨나겠지만, 그래도 하루 이틀 정도의 시간은 있을 터. 그 전에 소나무만 찾으면 무림맹도 안녕이었다.

"참, 화원을 정리해야 하는 걸 깜빡했네?"

기무결은 갑자기 뭔가 생각난 표정으로 허겁지겁 도망쳤다.

"아, 아니, 저게?"

화은설이 잔뜩 화가 난 표정으로 기무결을 불렀지만, 기무결은 들은 척도 하지 않았다.

그녀는 이렇게 황당하고 어이없는 경우는 처음이었다.

마음 같아서는 당장에라도 기무결을 쫓아가 아주 요절을 내고 싶었지만, 괜히 다른 원생들에게 놀림의 여지를 주고 싶진 않았다.

어찌 그렇지 않겠는가?

화씨세가가 이젠 하다 하다 안 되니까 하인하고 시비가 붙어 싸운다고 수군댈 게 뻔했다.

"오냐, 좋다. 오늘만 날은 아니지."

처음에는 고맙다는 말을 하려고 찾아온 것이지만, 어느새 잔뜩 벼르고 있었다.

하지만 그녀는 꿈에도 몰랐다.

그녀가 만나고 싶어 했던 위조의 고수가 바로 기무결이었다는 것을.

三

해가 지고 주변에 어둠이 깔리기 시작할 무렵.

하나의 인영이 은밀하게 담장을 넘어 들어왔다.

"원래 소로가 이렇게 길게 뻗어 있었나?"

기무결이 고개를 갸웃거렸다.

봉황소축이란 장원이었다. 천향원에서 시작된 소로는 백장(300m)은 족히 지나온 것 같았다. 기무결은 그사이 몇 개의 전각과 건물을 지났다. 소로의 흔적은 여기가 마지막이었다.

눈을 들고 하늘을 보니 어느새 서쪽 하늘에 석양이 짙게 깔려 있었다. 날이 어두워지기까지는 시간이 별로 없었다.

기무결은 조심스럽게 주변을 둘러보았다. 다행히 사람의 기척은 느껴지지 않았다. 전각 안에도 등불이 밝혀져 있지 않았다.

"다들 저녁을 먹으러 간 모양이군."

그야말로 하늘이 돕고 있었다.

주어진 시간은 그리 많지 않겠지만, 소나무만 찾으면 되는 일이었다.

"누구의 방해도 받지 않으면 더 빨리 찾을 수… 억! 소나무다."

일이 풀리려고 하는지 모든 게 순조로웠다.

아담하게 펼쳐진 전각의 바로 앞에 커다란 소나무가 고즈넉한 모습으로 서 있었다. 그로 인해 전각의 풍경이 한층 아름답게 빛나고 있었다. 무엇보다 둘레가 한 아름을 훨씬 넘었다. 소나무의 수령이 몇백 년은 충분히 되고도 남았다. 이 정도면 더 이상 확인하고 자시고 할 것도 없어야 마땅했다.

하지만 기무결의 표정은 잔뜩 일그러져 있었다. 그도 그럴 것이 소나무가 한 그루밖에 없었기 때문이었다.

"골치 아프게 됐군."

기무결은 머리가 지끈거렸다. 정황상 이곳이 확실했다. 나무 둘레를 보나 소로의 위치로 보나 이곳 어딘가에 보물이 묻혀 있는 게 틀림없었다.

"그렇다는 건 곧 소나무를 잘라내고 그 자리에 전각을 지었다는 뜻이다."

기무결은 즉시 두 번째 소나무가 있었을 법한 자리를 계산했다. 구조상 전각의 끝에서 두 번째 방을 관통하고 있었다.

스르륵!

기무결이 창문을 열고 방 안으로 들어섰다. 그가 조심스럽게 창문을 닫고 돌아서는 순간 얼굴에 무언가 걸렸다.

"윽! 이게 뭐야?"

자세히 보니 분홍빛 고의였다.

침실은 온통 난장판이었다. 바닥 곳곳에 치마와 옷들이 널브러져 있었고, 창문 틀 위에 속옷 몇 개가 대롱대롱 매달려 있었다.

"이, 이게 사람이 사는 방이냐 아니면 돼지우리냐?"

이건 도저히 여인의 방이라고는 할 수 없을 정도로 더럽기 짝이 없었다. 대개 남자는 여인들의 방은 항상 깨끗하고 아름답게 정리되어 있을 것이라고 환상을 품고 있다.

하나 이는 엄청난 착각이 아닐 수 없었다. 성격이 털털한 여인들의 방은 보통 남자들의 방보다 더 지저분한 경우가 많았다.

그때였다.

침실의 문이 열리고 낯익은 여인이 안으로 들어섰다.

기무결의 시선이 여인과 정면으로 마주쳤다. 그는 너무 당황한 나머지 온몸이 얼음처럼 딱딱하게 굳었다.

'마, 망했다.'

씨바! 욕이 절로 나왔다.

여인은 다름 아닌 화은설이었던 것이다.

기무결은 눈앞이 캄캄해지는 기분이었다. 머릿속이 하얘지고 아무 생각도 떠오르지 않았다.

"아, 아가씨를 여기서 또 뵙네요."

"으흐흐, 그러게 말이다. 주인 없는 방에서 고의까지 들고 무얼 하고 있었는지 말해주었으면 좋겠구나!"

"으헉?"

기무결은 화들짝 놀라 고의를 바닥에 집어 던졌다.

"이, 이게 왜 제 손에 있었을까요?"

"퉤! 그거야 네놈이 알겠지. 변태 하인 같으니!"

"윽! 벼, 변태!"

화은설은 지금 자신이 분홍빛 고의로 이상한 짓을 했다고 오해하는 것 같았다.

"지, 진정하십시오, 아가씨! 이… 건 아가씨가 생각하는 그런 게 절대 아닙니다. 소인이 창문을 넘어올 때 얼굴에 걸렸던 것을……."

"호오? 그러니까 변태 짓도 부족해서 도둑놈처럼 창문을

열고 들어왔다는 소리로구나!'

끙!

'죽어라, 멍청아! 그걸 지금 변명이라고 하냐?

화은설이 검을 뽑아 들었다. 그리고는 허공에 검을 두어 번 휘둘렀다.

"네놈을 어떻게 죽여줄까? 아까 네놈이 쌩까고 도망친 것은 이자로 쳐주마. 원하는 방식이 있으면 말해봐. 무얼 선택하든 아마 상상 그 이상이 될 거다."

"자, 잠깐!'

까짓것, 도망을 치려면 얼마든지 도망칠 수 있었다.

하지만 이곳 어딘가에 보물이 묻혀 있을 터.

이제 고지가 바로 눈앞에 있었다. 기무결은 그 지옥 같던 동창의 감옥에서도 일 년 동안 갇혀 있지 않았던가? 죽으면 죽었지 보물을 포기할 수는 없었다.

"헤헤! 아까 전용 마부가 필요하다고 하지 않았습니까?'

기무결은 바로 표정을 바꾸었다.

사실 들으려고 했던 것은 아니었다.

그저 비슷한 공간에 있다 보니 영영과 하던 대화를 엿들었을 뿐이었다.

"그런 말은 했었지."

"소인이 하겠습니다. 부디 소인에게 맡겨주십시오."

천무서원 하인 자리를 사표 내고 화은설의 마부로 다시 취직하면 자리를 옮기는 건 그리 어려운 것이 아니었다. 어찌되었든 무림맹에 남아 있는 것이 중요했다.

"풰, 네놈 같은 변태를 뭘 믿고?"

"끙! 설마 소인이 덮친다고 당할 아가씨가 아니지 않습니까?"

"추잡한 놈. 덮치고 싶은 마음은 있는 모양이구나!"

"에잇, 무슨 농담을 그리하십니까? 소인에게도 취향이라는 것이 있습니다."

기무결은 말을 해놓고도 깜짝 놀랐다.

두 손을 싹싹 빌고 용서를 구해도 모자란 마당에 계속 헛소리가 튀어나오고 있었던 것이다.

화은설이 단단히 화가 난 듯 아미를 꿈틀거렸다.

"하인 주제에 취향이라는 것이 있기는 한 것이냐?"

"끙! 소 돼지도 아니고, 소인도 사람인데 취향이 없겠습니까?"

"하긴, 하인치고는 제법 잘생긴 편이군. 시녀들에게 인기 좀 있겠어. 아무리 그래도 나는 너 같은 하인 따위가 마음에 품을 수 있는 그런 상대가 아니야."

이 정도면 공주병이 거의 불치병 수준이었다.

하지만 군이 틀린 말도 아니었다.

기무결도 화은설처럼 아름다운 여인은 아직 본 적이 없었다. 자세히 보니 그녀의 허리는 개미처럼 잘록하고 가슴은 풍

만하기 이를 데 없었다.

'윽! 내가 지금 무슨 생각을……'

기무결은 재빨리 고개를 돌렸다. 하지만 하필이면 화은설과 눈이 정면으로 마주치고 말았다. 화은설이 얼굴을 붉히며 소리쳤다.

"너 방금 그 썩은 동태 눈깔로 내 몸매 훑어봤지?"

"컥! 써, 썩은 동태 눈깔!"

"흥! 불결해 죽겠군. 이젠 하다 하다 하인까지 날 좋아하니 원."

'으으, 보긴 봤으니 뭐라 할 수도 없고. 차라리 죽자.'

사람이 창피하면 죽을 수도 있을 것 같았다.

연이은 말실수에 기무결은 자신의 입을 파버리고 싶은 심정이었다.

이젠 이판사판이었다.

민망해도 어쩔 수 없었다.

보물을 찾는 방법은 마부라도 돼서 무림맹에 남아 있는 것뿐이었다.

"아, 아가씨! 제발 소인을 전용 마부로 삼아주세용."

기무결은 팔자에도 없는 애교까지 부려야 했다.

第九章

일일 찻집

一

이경(저녁 7~9시) 무렵.

한 사내가 거친 숨을 몰아쉬며 미친 듯이 숲 속을 내달리고 있었다. 그의 가슴에는 한 자루 검이 박혀 있었다. 한눈에 보기에도 치명적인 부상을 입은 상태였다. 사내는 금방이라도 바닥에 누워 쉬고 싶은 심정이었지만, 발걸음을 멈출 수 없었다.

저 멀리서 그를 쫓아오는 무리가 있었다.

그들의 능력은 실로 무서워서 발걸음을 조금만 지체해도 살아날 가망이 없어지기 때문이었다.

"헉헉! 놈들의 정체가 동영의 인자였다니. 반드시 제독에게 알려야 한다."

사내는 동창의 최정예 요원이었다. 그는 한 달 전 모종의 임무를 띠고 암거래 시장에 잠입을 했다가 그만 정체가 들통 나고 말았던 것이다. 그는 간신히 적들의 소굴에서 탈출하긴 했지만, 적들의 추적은 집요하기 짝이 없었다.

중원에는 지금 무서운 음모가 진행되고 있었다. 이 사실을 동창에 알리지 못하면 무림은 물론이고 황실도 파멸을 피할 수 없었다.

"이, 이런……."

그의 앞에 낭떠러지가 나타났다. 그 밑으로 거대한 소리를 내며 폭포가 쏟아지고 있었다.

그가 망설인 시간은 극히 찰나에 지나지 않았다.

하나, 적들은 순식간에 거리를 좁혀왔다.

쉐애애액!

한 자루의 검이 빠른 속도로 날아와 사내의 등을 관통했다.

"컥!"

사내가 비명과 함께 폭포 아래로 떨어졌다.

그와 동시에 동영의 인자들이 사내가 있던 곳에 내려섰다.

"막주님의 검에 관통당했으니 즉사했을 것입니다."

"흐흐, 나는 좀 더 버틸 줄 알았더니… 동창의 요원도 별거 아니로군."

"클클! 듣자 하니 동창 최고 요원이라고 하던데 모두 헛소문이었던 모양이야. 처음부터 행동이 수상해서 주목하고 있었으니 말이지."

"하지만 무시할 일도 아니다. 이미 망했다고 알려진 동창이 여기까지 파고들 줄은 생각도 못한 일이었다."

"송구합니다, 막주님!"

"그래도 동창에 정보가 흘러들어 가기 전에 놈을 제거했으니 괜찮다."

아직 천하는 그들의 조직을 모르고 있었다.

또한 그들이 무슨 음모를 벌이고 있는지도 몰랐다.

하나 동창에서 냄새를 맡고 요원을 침투시킨 게 벌써 두 번째였다.

동창 딴에는 최고의 요원을 선발해서 보냈을 테지만, 동영의 인자들에게는 아무것도 통하지 않았다.

'흐흐, 이제 곧 우리 세상이 온다. 황실과 천하무림이 파멸할 날도 멀지 않았다.'

막주의 눈빛이 사악하게 빛나고 있었다.


동창의 제독부는 살아 있는 권력의 상징이었다.

과거 대명제국의 모든 흥망성쇠가 이곳에서 결정되었다고 해도 과언이 아니었다.

하지만, 화무십일홍이라고 했던가?

영원할 것 같던 동창의 권력도 감찰총국에게 밀려 이인자

의 자리로 밀려난 지 오래였고, 지금은 금의위의 거센 도전을
받고 있었다.

"일호의 시신이 장강 하류에서 발견되었다고?"

"가슴과 등에 검이 관통당해 즉사했습니다."

"허어!"

제독은 동창의 수뇌부와 회의를 하던 중 보고를 받았다. 일
호는 동창 최고의 요원이었다. 아마 역대 최고의 요원이라 불
러도 과언이 아닐 것이다.

한데 그런 인재가 겨우 암거래 시장에 잠입했다가 죽었단
다. 제독은 기가 막혀 말이 나오지 않을 지경이었다.

"이것으로 확실해지는군. 암거래 시장과 황실의 전복을 노
리는 자들이 결탁했다는 것이 말이야."

"그렇습니다, 제독! 놈들은 결코 평범한 자들이 아닙니다."

"그럴 테지."

암거래 시장에 잠입하는 것이 이렇게 어려웠던가?

두 번이나 실패했다는 것은 이제 동창의 능력으로는 암거
래 시장의 배후가 누구인지 알아낼 방법이 없다는 뜻이었
다.

"혹시 일호가 잠입한 곳에 병력을 보내보았는가?"

"이미 보내봤지만, 그때는 모두 사라지고 난 뒤였습니다."

"흐음……."

이것으로 한 가닥 가능성마저 사라진 셈이었다.

분명 황실을 전복하려는 자들이 암암리에 움직이고 있었다.

도대체 그들이 누구일까?

왠지 어둠 속에서 동창을 비웃고 있는 것 같았다.

"빌어먹을!"

쾅!

제독이 분노한 나머지 책상을 내려치고 말았다.

二

기무결 일행이 동호에 들어선 것은 무림맹을 떠난 지 십 일 만의 일이었다. 동호는 거대한 호수였다. 항주의 서호와 쌍벽을 이룰 정도로 유명한 명승지이기도 해서 예로부터 시인과 묵객들이 즐겨 찾는 곳이기도 했다.

기무결은 화은설의 전용 마부가 되었다. 일단 그렇게 해서 겨우 위기를 모면할 수 있었지만, 덕분에 무림맹을 떠나 있었다.

'어이구, 내 팔자야.'

들기로는 동영의 인자의 정보를 알아본다고 하는 것 같은데, 꼭 그런 것 같지도 않았다. 지난 십 일 동안 여기저기 마차를 타고 돌아다닌 것이 전부였기 때문이었다.

화은설도 아쉬운 마음에 기무결을 마부로 채용하긴 했지

만, 그렇다고 마음에 썩 내키는 건 아니었다. 화은설의 입에서는 고운 말이 나올 리 없었고, 기무결도 평범한 마부가 아니다 보니 티격태격 싸울 때가 많았다.

"듣던 대로 호수가 엄청 크네. 마치 바다를 보는 것 같아!"

화은설은 마차의 창문 너머로 동호의 풍경을 바라보고 있었다. 아름다운 경치를 눈앞에 두고도 그녀의 얼굴엔 수심이 가득했다.

어느 정도 예상은 하고 있었지만, 생각보다 만만치가 않았다. 아무런 정보도 주어지지 않은 상황에서 동영의 인자를 찾는 건 모래사장에 떨어진 바늘을 찾는 것만큼이나 어려운 일이었다.

이제 재무부에서 받아 온 활동비도 거의 바닥이 난 상태였다. 재무부에서 나온 활동비는 그야말로 쥐꼬리만큼이나 적었다.

그나마 무림맹을 떠나올 때 이불이며 옷가지 등을 챙겨 왔으니 망정이지 그렇지 않았다면 벌써 굶었을 것이었다.

하루 세끼를 꼬박 챙겨 먹는 건 꿈도 꿀 수 없었다.

그러고 보니 아침도 굶었었는데, 점심도 거를 수는 없었다. 뱃속에서 꼬르륵 소리가 들려왔다.

그녀가 어떻게 해야 할지 몰라 영영을 쳐다보았다. 영영이 고개를 흔들었다. 배가 고프기는 영영도 마찬가지였지만, 아직 이십 일 정도를 더 버티려면 최대한 돈을 아끼고 절약하는 수밖에 없었다.

'끙! 꼬라지를 보니 점심도 굶을 모양이군.'

기무결은 나오느니 한숨뿐이었다.

하필 마부로 취직한 곳이 지지리 가난한 곳이었다.

지난 십 일은 그럭저럭 버틸 수 있었지만, 이 짓을 이십 일 동안 더 해야 한다고 생각하니 눈앞이 까마득해졌다.

'돌겠다.'

동창의 감옥에 하인에 마부까지.

이젠 굶어야 했다.

요즘엔 하는 일마다 왜 이렇게 꼬이는지 고사라도 지내야 할 판이었다.

기무결은 약간 머리를 굴렸다.

"아가씨, 동영의 인자의 정보를 알아보신다고 하셨지요?"

"그건 왜 묻는 거지?"

"소인에게 좋은 생각이 떠올랐습니다. 개방이나 하오문이 정보에 일가견이 있지 않습니까? 그들에게 의뢰를 하는 게 어떨까요?"

개방은 거지들로만 이루어진 문파로 중원 전역에 방대한 인원과 조직을 자랑하고 있었다. 천하에 거지 없는 곳은 없다. 또한 구걸을 하기 위해 천하에 안 가는 것도 없다. 때문에 개방은 천하에 모르는 것이 없을 정도로 정보에 강하다.

하오문은 도둑, 사기꾼, 기녀, 점소이 등 무림에서 가장 힘이 약한 자들이 모여서 만든 집단이었다. 간혹 고수가 나오기도 하지만, 하오문은 전통적으로 온갖 정보를 수집하고 팔아먹는 것으로 유명한 곳이었다.

괜찮은 생각이었다.

사실 반칙이나 다름없는 일이긴 하지만, 지금은 지푸라기라도 잡고 싶은 심정이었다.

하나 개방이나 하오문에 의뢰를 하려면 돈이 필요했다. 지금 돈이 없어서 아침부터 점심까지 굶을 판에 개방이나 하오문에 의뢰할 돈이 있을 리가 없었다.

"시끄러워. 일부러 나 골탕 먹이려고 하는 소리지?"

화은설이 버럭 소리를 질렀다.

자격지심 때문인지 얼굴이 붉어졌다.

"돈 때문이라면 걱정하지 마십시오. 소인에게 괜찮은 사업이 하나 있는데 잘만 하면 하루에 백 냥도 넘는 돈을 벌 수 있는 사업입니다."

"뭐, 뭐라고?"

화은설이 두 눈을 크게 치떴다.

"바, 방금 백 냥이라고 말했어?"

"그렇습니다. 이 사업의 장점은 뭐니 뭐니 해도 초기 투자금이 전혀 들지 않는다는 것입니다."

"말도 안 돼!"

화은설이 황당한 표정으로 기무결을 노려보았다.

"네놈이 지금 나를 놀리려는 것이냐? 세상에 그런 사업이 있을 리 없잖아?"

"소인도 아가씨 미모를 본 남자들의 한결같은 반응을 보고 떠오른 사업입니다."

화은설이 어딜 가든 그녀의 얼굴을 본 남자들이라면 침을 질질 흘리게 마련이었다. 이해 못하는 건 아니었다. 기무결 역시 처음 화은설을 보았을 때 잠시 동안 넋을 잃었으니 말이다.

화은설이 눈빛을 반짝였다.

"정말 그런 게 있는 거야?"

"속고만 사셨습니까? 일명 일일 찻집이란 것입니다."

"일일 찻집? 그게 뭔데?"

"그러니까 돈을 받고 손님들과 정해진 시간 동안 같이 차를 마셔주는 것이지요."

"그, 그러니까 나보고 지금 이름도 모르는 자들과 차를 마시라는 거야?"

"하루에 백 냥도 넘게 벌 수 있다니까요. 남자는 다 똑같습니다. 한마디로 늑대라는 소리죠. 두 분과 같이 차를 마실 기회가 주어진다면 서로 앞다퉈 달려들고도 남을 겁니다."

대충 구상은 이랬다. 화은설과 영영이 예쁘고 깜찍한 옷을 입고 각자 탁자에 앉아 있으면 손님들이 원하는 상대와 정해진 시간 동안 차를 마실 수 있다. 다만, 차 값이 보통 다루보다 몇 배 비싸다는 것이 특징이었다.

　이야기를 다 듣고 난 화은설의 얼굴이 새빨갛게 변했다. 이건 뭐, 기녀원의 기녀가 남자 손님들과 술을 마시는 것과 다를 게 없었던 것이다.

　"으으, 네놈이 드디어 미쳤구나! 내가 그딴 거지 같은 걸 할 것 같아?"


三


　하늘은 맑고 기운은 충만한 날이었다.

　호수의 공터에 마차 한 대가 세워져 있었다. 기무결은 나무를 잘라 의자와 탁자를 만들어 손님 맞을 준비를 갖추었다. 마실 잔과 차는 화은설이 쓰려고 챙겨 온 것이 있었다. 기무결의 말처럼 투자금이 전혀 들지 않았다.

　"꼭 이렇게 입어야 하는 거야?"

　화은설의 얼굴이 불만으로 가득했다. 나풀거리는 궁장을 입고 머리를 예쁘게 틀어 올린 화은설의 모습은 일국의 공주를 연상케 하고 있었다.

　기무결도 그녀의 모습에 잠시 넋을 잃고 바라볼 정도였다. 미모만 놓고 보면 정말 서시나 양비귀보다 더 아름다울 것 같다는 생각마저 들었다.

　"아주 예쁘기만 한데, 뭐가 문제입니까?"

"예쁜 걸 누가 몰라? 하지만 이건 너무 심하잖아. 이건 뭐, 남자에 환장한 것도 아니고, 대놓고 남자를 꼬시려는 듯한 모습이 마음에 영 안 든단 말이야."

화은설은 돈이 필요해서 마지못해 기무결의 계획을 수락하긴 했지만 아직 확신이 서지 않았다. 더구나 혹시라도 아는 사람을 만나기라도 하면 창피해서 죽을지도 몰랐다.

기무결이 정색을 하며 말했다.

"험험! 아가씨는 다루에서 차 한 잔에 다섯 냥을 주고 마실 수 있겠습니까?"

"터무니없는 소리 하지 마! 세상에 그렇게 비싼 차도 없지만, 설령 있다고 해도 비싸서 마시고 싶지도 않아."

"바로 그겁니다. 아가씨와 차를 마실 수 있는 시간은 고작 이각(30분). 그리고 차 한 잔의 가격은 다섯 냥입니다. 그렇다면 최대한 아름답게 입고 계셔야 최소한의 예의 아니겠습니까?"

"다, 다섯 냥으로 책정을 했단 말이야?"

"제가 말씀을 안 드렸던가요? 원래 열 냥으로 할까 하다가 일단 초반 반응을 보고 다시 결정할 생각입니다."

"너 혹시 미친 거 아냐? 그 돈을 주고 누가 사 먹으려고 하겠어?"

"그건 아가씨가 남자라는 족속에 대해 잘 몰라서 하는 소립니다. 아마 열 냥이라 해도 사 먹을 놈들은 사 먹습니다. 그리고 이건 시작에 불과합니다."

"그럼 더 중요한 게 남아 있단 말이야?"

"아가씨가 마실 차도 상대방이 사줘야 한다는 것이지요."

"그, 그럼 그것도 다섯 냥이고?"

"당연하죠."

"결국 나와 차 한 잔 마시려면 열 냥이 필요하단 소리잖아?"

"그러니까 대박 사업이죠. 아가씨가 결단만 내리시고 소인과 한 일 년 정도만 같이하시면 천하의 돈이란 돈은 갈퀴로 죄다 긁어모을 수 있을 겁니다."

"으으, 헛소리는 거기까지다. 만약 이렇게 했는데도 돈을 벌지 못하면 그땐 정말 네놈을 찢어 죽일지도 몰라!"

화은설의 표정이 험악하게 변했다.

아무리 생각해도 열 냥을 주고 차를 마실 정신 나간 사람은 세상천지에 단 한 명도 없을 것 같았다. 이러다 괜히 망신만 당하고 돈은 돈대로 못 벌고 끝날 것 같았다.

한편, 영영도 단장을 마치고 마차에서 나왔다. 영영은 원래 귀엽고 깜찍한 얼굴이었다. 기무결은 그녀의 얼굴에 맞게 최대한 귀여운 분위기를 연출했다.

"나 어때요?"

"핫핫! 아주 좋습니다."

영영은 깨물어주고 싶을 정도로 귀여웠다.

"한데 기 마부! 저도 다섯 냥이에요?"

"아니, 영영 소저는 두 냥입니다."

"애걔? 저는 왜 두 냥이에요?"

기무결이 대답하기도 전에 화은설이 매섭게 눈꼬리를 치켜뜨며 소리쳤다.

"당연히 두 냥이지. 네가 나와 똑같은 가격을 받으면 손님을 한 명이라도 받을 수 있을 것 같아?"

"아가씨가 저를 너무 무시하는 것 같은데, 저도 어디 가면 예쁘다는 소리 많이 듣거든요."

"그래서 네가 지금 나와 한번 해보겠다는 거야?"

"쳇! 아가씨는 방금까지도 열 냥이 비싸다고 하셨잖아요."

"그, 그건 뭐… 생각해 보니까 내 미모라면 적당한 수준인 것 같더라구."

"그러세요? 하지만 이거 미안해서 어쩌죠? 제 가격이 두 냥인데, 설마 아가씨에게 지겠어요? 최소한 아가씨보다 많이 벌어야 체면이 서죠."

"체, 체면? 네가 지금 선전포고를 했다 이거지? 좋아, 받아주지! 내 너의 그 객기를 확 꺾어줄 테니 조금만 기다려라."

화은설이 전의를 불태웠다. 영영도 지지 않고 결의를 다졌다. 아무리 시녀라도 여자는 미모와 관련된 일에는 민감한 법이었다.

'쯧쯧! 아무튼 여자들이란.'

기무결은 속으로 혀를 찼지만, 어쩌면 잘된 일인지도 몰랐다. 화은설이 전의를 불태우고 있으니 최소한 성의 없는 대화를 나누지는 않을 것 같았던 것이다.

四

그로부터 한 시진 뒤.

호수의 공터에는 수많은 남자가 몰려와 한바탕 난리가 벌어지고 있었다.

"이봐, 여긴 내 자린데 왜 끼어드는 거야?"

"내가 잠시 측간에 가려고 맡아놓은 자리였는데 당신이 새치기를 한 거거든? 그러니 어서 비켜서지 못해?"

"아니, 뭐야? 젊은 놈이 어디서 반말이야?"

"그러는 당신은 몇 살인데 지랄이야?"

여기저기서 싸움이 일어났다.

어떤 자들은 감정이 격해진 나머지 주먹다짐을 하는 경우도 있었다.

이 모든 것이 화은설과 차 한 잔을 마시기 위해 벌어진 일이었다. 가격이 열 냥이나 하는데도 사람들은 서로 먼저 마시겠다며 자리다툼을 벌였다. 이미 줄을 서서 기다리는 대기자만도 백 명이 넘었다.

기무결은 화은설이 입을 열 때마다 가슴이 조마조마했다.

명문세가의 아가씨가 이런 상황을 견뎌내기란 쉬운 일이 아니었다.

특히 화은설은 뚱뚱하고 못생긴 청년과 차를 마실 때는 쉴 새 없이 눈썹을 꿈틀거렸다. 마음에 들지 않는다는 뜻이었다.

하지만 그녀는 자리를 박차고 일어나지 않았고, 마음에 들지 않아도 억지로 참는 기색이 역력했다.

'휴!'

기무결은 안도의 한숨을 내쉬었다. 화은설의 적극적인 협조 덕분에 일일 찻집은 성황을 맞고 있었다.

그에 비해 영영의 대기석은 한산했다.

그녀의 자리에는 너댓 명만이 줄을 서 있어서 현격한 대조를 이루고 있었다. 그나마도 기무결과 가격을 흥정하고 있었다.

"두 냥은 너무 비싸잖아?"

"한 냥에 해줘! 아니면 저 여자 차는 자기보고 사 먹으라고 하든가."

영영은 잔뜩 약이 올랐다. 이대로라면 나중에 화은설이 얼마나 놀려댈지 안 봐도 눈에 선했다.

그녀는 치마 밑단을 쫙 찢었다. 순간 허벅지가 살짝 보이고 곧게 뻗은 종아리가 시원하게 드러났다.

"와!"

남자들이 소리를 지르며 환호했다. 그리고는 화은설 쪽에 줄을 서 있던 삼십여 명의 남자가 영영 쪽으로 달려갔다.

"풋! 이거 미안해서 어쩌나."

영영이 득의양양한 표정으로 화은설을 쳐다보았다.

"아니, 저게?"

화은설이 발끈했다.

그러는 사이에도 몇 명의 남자가 영영에게로 넘어갔다.

"좋아! 진짜로 나와 한번 해보겠단 말이지?"

화은설이 과감하게 어깨 부위를 찢었다. 순간 새하얀 쇄골과 함께 가슴골이 살짝 드러났다. 남자들이 넋을 잃고 화은설을 쳐다보았다. 볼썽사납게 침을 질질 흘리는 자도 속출했다. 영영 쪽에 서 있던 남자들이 모두 화은설에게 넘어간 것은 당연지사. 화은설이 의기양양한 표정으로 영영을 향해 자신의 목을 살짝 긋는 시늉을 했다.

"으흐흐, 넌 이제 끝!"

영영이 입술을 깨물었다. 어쩌나 얄미운지 아가씨만 아니면 한 대 쥐어 패고 싶을 정도였다.


五.


해가 기울고 주변이 어두워진 초경 무렵.

기무결 일행은 장사를 접고 정산을 앞두고 있었다. 화은설과 영영은 잔뜩 긴장한 표정으로 기무결을 쳐다보았다.

"모두 얼만데? 백 냥은 넘어?"

기무결이 어깨를 으쓱거렸다.

"후후! 두 분은 놀라지 마십시오. 무려 삼백칠십 냥입니다."

"으헉?"

"사, 삼백 냥이 넘는다고?"

화은설과 영영은 믿기지가 않았다. 귀를 의심할 지경이었다. 사람이 많아서 장사가 잘된 것 같긴 했지만, 그래도 백 냥을 넘게 벌 수 있을까 걱정했던 것이 사실이었다.

"훗훗! 두 분이 서로 옷 벗는 경쟁이 벌어져서 가격이 두 배로 뛴 덕분입니다."

나중에는 두 배로 뛴 가격에서 웃돈을 더 얹어주고서라도 하겠다는 사람들이 있었다. 그래도 사람이 차고도 넘쳐서 결국 같이 차를 마신 사람보다 마시지 못하고 돌아간 사람이 더 많았다.

"왠지 귀신에 홀린 것 같아. 어떻게 차 한 잔 팔고서 이렇게 많은 돈을 벌 수 있는 거야?"

"소인이 처음부터 이 사업은 대박이라고 하지 않았습니까?"

그때 영영이 기무결의 얼굴을 뚫어지게 쳐다보며 말했다.

"아무리 봐도 기 마부는 평범한 사람이 아닌 것 같아요. 정말 하인이 맞아요?"

"가, 갑자기 그게 무슨 말입니까?"

"우리가 처음 만났을 때도 기 마부는 찢어진 비급을 바로 찾아냈잖아요. 이번 사업만 해도 그래요. 돈 한 푼 안 들이고 하루에 삼백 냥 넘게 벌 수 있는 사람이 과연 천하에 몇 명이나 될까요?"

영영은 단언컨대 단 한 명도 없다고 장담할 수 있었다.

그래서 더 기무결의 능력이 대단해 보였다.

"그, 그거야 순전히 운 빨이 작용했기 때문이죠. 더구나 아가씨의 절세적인 미모가 아니었다면 애초에 불가능한 일이었습니다."

기무결은 속으로 흠칫했지만 이내 능청을 떨며 딱 잡아뗐다.

화은설도 듣고 보니 뭔가 좀 이상하긴 했다. 기무결은 하인이라고 하기에는 지나치게 똑똑했다. 자신에게 매번 고개를 뻗대고 말대꾸하는 것도 문제였다.

하지만 자신의 미모 때문이라는 말에도 어느 정도 수긍이 갔다.

"영영아, 이번에 너도 똑똑히 알았겠지만, 네가 아무리 옷을 벗고 지랄 발광을 해도 나를 넘어설 수는 없는 거야."

푸하핫!

화은설이 얄밉게 웃어댔다.

모든 건 결과가 말해주고 있었다. 삼백칠십 냥 중에서 삼백

낭을 화은설이 벌어들였기 때문이었다.

"쳇, 시녀 한 명 이겼다고 좋아하는 꼴이라니. 내가 앞으로 차를 타주나 봐라."

영영이 제대로 토라졌다.

아무튼 재미있는 주인과 시녀였다.

덕분에 기무결에게 쏠린 관심이 다른 곳으로 향했다.

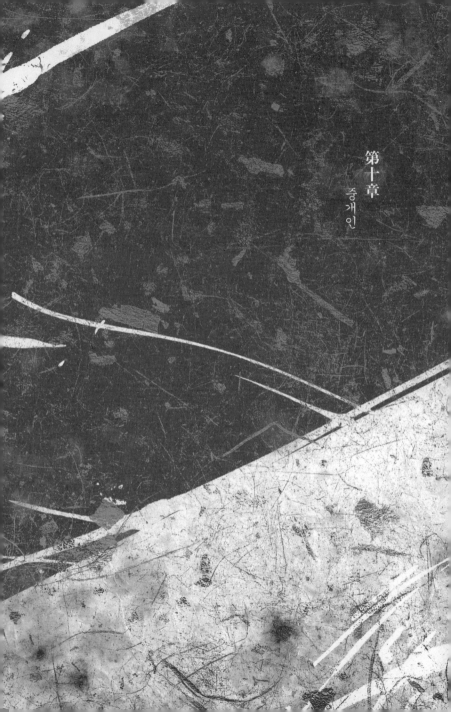

第十章

중개인

一

다음 날 화은설은 개방의 지부를 찾아갔다.

비용은 날짜와 시간에 따라 다르긴 하지만, 이제 돈 걱정은
하지 않았다.

기한은 십 일.

그때까지는 충분한 정보를 얻을 수 있다고 개방에서 호언
장담했다.

"그럼, 동영의 인자들의 거점은 확보할 수 있는 건가?"

화은설은 마음이 한결 가벼워졌다.

너무도 쉽게 두 가지 시험 중 한 가지를 해결할 수 있게 된
것이다.

개방에서 인자들의 거점을 확보하면 남은 십 일 안으로 그들이 무슨 이유로 벽사검법을 노렸는지 밝혀야만 했다.

그전에는 그녀가 할 수 있는 게 아무것도 없었다.

그녀는 개방에서 정보를 알아오는 날까지 이곳저곳 구경하러 다녔고, 맛있는 곳을 찾아가 음식도 먹었다. 아름다운 장신구나 옷을 보면 시간 가는 줄 모르고 구경하러 다녔다.

그녀는 지금까지 이렇게 돈을 펑펑 써본 적이 없었다. 장신구를 사본 게 언제인지 기억조차 나지 않았다.

돈 쓰는 재미가 쏠쏠했다. 한편으로는 아껴야겠다는 마음도 들었지만, 까짓것 돈이 떨어지면 또 일일 찻집을 하면 그만이란 생각에 그만 간이 커졌다.

영영은 말릴 줄 알았는데, 그녀가 한 술 더 뜨면 떴지 결코 말릴 생각이 없었다.

"돈이 떨어지면 또 한 번 일일 찻집을 하자구요."

그녀는 화은설에게 복수를 꿈꾸고 있었다.

저번에는 전략의 부재로 화은설에게 밀렸지만, 다음에는 확실히 자신의 매력을 십분 발휘해서 만회할 생각이었다.

'쯧쯧, 두 여인이 돈독이 잔뜩 들었구만.'

기무결이 혀를 찼다.

여자들은 아름다운 여인이나 그렇지 않은 여인이나 모두 똑같다는 것을 깨달았다.

명문세가의 아가씨니 무림맹의 성녀니 해도 여자는 여자

였다.

적당히 허영끼 있고, 사치도 있으며 시장을 구경하러 다니면 하루 종일 걸어도 절대 피곤해하지 않는 것까지.

기무결은 차라리 감찰총국에게 쫓기는 게 낫지 화은설과 시장 구경하러 다니는 건 죽었다 깨어나도 못할 일이었다.

십 일이란 시간은 순식간에 지나갔고, 약속한 시간이 되자 기무결 일행은 개방 지부를 찾아갔다.

"기다리고 있었습니다."

분타주가 그들을 맞이했다.

그는 기무결 일행을 응접실로 안내한 다음 지난 십 일 동안 천하에 산재한 개방의 지부를 이용해 조사한 내용을 알려주었다.

그의 말은 이각 정도 계속되었지만, 결론은 아무것도 알아내지 못했다는 것이었다.

화은설의 실망은 이만저만 큰 것이 아니었다.

개방의 정보력은 천하가 인정하고 있었다. 천하에 그들이 모르는 것은 없고, 그들이 모르면 세상에 존재하지 않는다는 말이 나돌 정도로 개방은 천하의 모든 정보력을 좌지우지하고 있었다.

한데 개방에서 동영의 인자의 정보를 알아내지 못했다는 건 과연 그들이 중원에 거점을 잡고 있는 게 사실인지 의문이 들게 만들었다.

하지만 기무결의 생각은 조금 달랐다.

동영의 인자가 천무서원에 잠입했다가 발각이 되었고, 벽
사검법을 훔치려고도 하지 않았던가? 그렇다면 누군가의 의
뢰를 받고 행동한 것이 틀림없었다.

'그런데도 개방에서 아무런 정보도 얻지 못했다고?'

이런 경우 결론은 딱 하나.

바로 중개인을 끼고 있다는 뜻이었다.

일반적인 살수들은 자신들이 직접 청부를 받는다. 거점이
야 사람들의 이목을 속이기 위해 숨기는 경우가 다반사지만,
청부를 받는 곳은 정해져 있었다.

때문에 조금만 조사를 하면 거점을 알아낼 수도 있고, 관군
이나 무림맹의 토벌 작전에 멸문을 당하는 경우도 있었다.

하지만 중개인을 끼면 상황이 달라진다.

중개인은 평범한 장사꾼이나 상인으로 위장해서 백성들
틈에 섞여서 살아간다.

살수들 역시 마찬가지였다. 평범하게 백성들 틈에 섞여 농
사를 짓던 이웃이, 장사를 하던 이웃이 청부가 들어오면 살수
로 돌변하는 것이다.

이들의 특징은 관군이나 무림맹이 아무리 뒤를 조사해도
절대 신분이 발각되지 않는다는 것이었다.

이건 기무결이 중개인을 끼고 문서를 위조해 봐서 누구보
다 잘 알고 있었다.

'그렇다면 동영의 인자를 찾을 게 아니라 중개인부터 족치고 볼 일이로군.'

기무결은 한눈에 모든 상황을 파악할 수 있었다.

이렇게 동영의 인자들의 정보를 알아보는 식으로는 죽었다 깨어나도 알아낼 수 없었다.

하지만 살수계에도 중개인이 있는지는 확신할 수 없었다. 그리고 설령 중개인이 있다고 해도 접근 방식이 문서 위조계와 같을지도 의문이었다.

'뭐, 결론이 뭐든 내가 상관할 일은 아니지만.'

나서고 싶어도 그럴 수도 없었다.

그는 마부의 신분이었다.

개방도 알아내지 못한 것을 그가 알고 있다면 누구라도 그의 정체를 의심할 수밖에 없는 것이다.

이제 남은 시간은 십 일.

그때까지만 적당히 허탕치고 고생하다 무림맹으로 돌아갈 생각이었다.

화은설은 잔뜩 풀이 죽어 있었다.

기대가 크면 실망도 큰 법이다.

그녀는 개방의 정보력을 너무 믿고 있었다.

항상 밝고 쾌활한 모습만 보다 저런 모습을 보니 기무결까지 기운이 축 처지는 기분이었다.

화은설은 빈손으로 무림맹으로 돌아갈 생각이 없었다.

천무서원의 원생들이 그녀를 비웃는 모습이 눈앞에 그려졌다. 제갈사란은 대놓고 화진악을 무시하고 그녀를 놀려대지 않았던가?

그녀가 이를 악물었다.

굳이 원생들의 반응 때문은 아니었다. 자신이 생각해도 그녀는 몰락한 세가를 일으켜 세우기에는 부족한 점이 너무 많았다.

화씨세가의 무공은 전형적인 실전을 바탕으로 한 박투술이었다.

하지만 화진악이 갑작스레 죽은 이후 대부분이 실전된 상태였다. 실제로 화은설이 익힌 가전무공은 절반이 채 되지 않았다.

그렇다고 세력이 있거나 배경이 대단한 것도 아니었다. 그녀가 의지할 수 있는 사람은 영영 한 사람뿐이었다. 그나마도 영영은 시녀에 불과해서 별 힘이 되지 못하고 있었다.

'아빠! 저에게 힘을 주세요.'

화은설이 하늘을 쳐다보고 화진악을 떠올렸다.

그리고 간절히 기도했다.

二

사도옥은 이를 갈아붙였다.

이미 일 년도 더 넘었지만, 그의 분노는 사그라들기는커녕 오히려 점점 더 높아져 가고 있었다.

그의 인생에 이런 치욕은 처음이었다.

일 년이 넘도록 기무결에 대한 단서를 하나도 찾지 못했다.

상부에서 무능하다는 욕을 들은 것도 처음이었고, 수사관을 다른 사람으로 바꿔야 하는 게 아니냐는 말을 들은 것도 처음이었다.

머나먼 신강에 가서 허탕 치고 돌아온 것을 떠올리면 자다가도 치가 떨릴 지경이었다.

"으으. 이 개자식을 잡기만 하면 절대 곱게 죽이지 않겠다."

잔뜩 독이 오른 독사가 따로 없었다.

사도옥은 이번 일에 자신의 인생을 걸었다. 가뜩이나 독한 사도옥이 더욱 독해졌다.

그의 노력은 헛되지 않아 결국 단서를 찾을 수 있었다.

"놈이 동창의 감옥에서 일 년 동안 갇혀 있었다고?"

"동창에서 협조를 안 해줘서 애를 먹긴 했지만, 틀림없는 사실입니다. 당시 기무결이 객잔에서 일부러 소란을 피워 동창의 요원들에게 끌려갔던 증언도 확보해 두었습니다."

"으음. 정말 터무니없는 놈이군!"

감찰총국의 추격을 피하기 위해 동창을 이용할 줄이야. 어지간한 사람은 생각조차 할 수 없을 만큼 대범한 행동이었다.

"사건이 다시 원점으로 돌아온 셈이군."

겨우 이 단서를 얻기까지 일 년 하고도 석 달이 걸릴 줄이야.

생각할수록 황당하기 그지없는 일이었다.

감찰총국이 생겨난 이래 이런 치욕은 단 한 번도 없었다. 그나마 기무결의 계좌를 모두 압수한 것이 천만다행이었다.

"일단 남경 일대를 조사하라. 분명 놈이 도주 자금을 마련하기 위해 흔적을 남겼을 것이다."

"알겠습니다."

감찰총국은 관아의 협조를 받아 삼 일 동안 조사를 한 끝에 현두석 부녀가 관련이 있다는 것을 발견했다.

현두석 부녀는 잘못한 것도 없는데 벌벌 떨어야 했다.

상대는 동창보다 더 악명이 자자한 감찰총국이었다. 그들은 자신이 알고 있는 것을 낱낱이 말해야 했다.

"놈에게 스무 냥을 주었단 말이냐?"

"그렇습니다, 대인! 원래는 일곱 냥만 주면 되었지만, 워낙 큰 도움을 받은지라 스무 냥도 아깝지가 않았습니다."

"월급을 받는 조건으로 분양 사기를 해결해 줬단 말이지?"

"저, 정말입니다. 저희는 기 공자와는 아무 사이도 아닙니다. 한데, 기 공자가 무슨 중죄를 지었습니까?"

"그건 네놈이 알 필요 없다."

감찰총국은 그것으로 대충 원하던 정보를 얻을 수 있었다.

그들은 중원의 지도를 펼쳐 놓고 스무 냥으로 갈 수 있는 곳을 설정했다. 모든 상황을 고려해도 호북성 이상 가기는 어려웠다.

사도옥이 호북성을 시작으로 그 위쪽으로 줄을 그었다.

"범인들의 심리상 무조건 멀리 도망치려 하는 법. 우린 먼저 호남성 쪽부터 조사를 시작해서 남경까지 밀고 들어온다."

"그럼 현두석 부녀는 어찌할까요?"

"원하는 정보는 모두 얻었으니 석방시켜라."

사도옥의 집념은 지금부터 시작이었다.

三

학인준은 조원들과 함께 남해로 내려갔다.

남해에는 왜구들이 자주 출몰해서 양민들을 죽이고 부녀자들을 납치하고 재물을 약탈하는 경우가 빈번하게 벌어지고 있었다.

왜구와 동영의 인자가 같을 수는 없지만, 뭔가 실마리를 얻을 가능성이 그나마 열려 있었다.

하늘이 돕는 것일까?

마침 왜구들이 마을을 습격해 왔다.

학인준과 조원들은 백 명이 넘는 왜구를 처부수고 마을을 구했다.

마을 백성들은 학인준과 조원들을 생명의 은인으로 여겼다. 관병들은 뒤늦게 달려와 백성들을 위하는 척 시늉을 했다.

학인준은 관병들의 행동이 눈에 거슬렸지만, 관아와 문제를 일으키고 싶지 않아 모른 척 넘어갔다.

그리고 그가 해야 할 일은 따로 있었다.

그는 왜구들의 우두머리를 생포해서 동영의 인자에 대해 알아보려 했다.

하지만 일단 언어가 통하지 않았다.

다행히 마을에는 왜구의 언어를 알고 있는 사람이 있었다. 그 사람이 통역을 해서 우두머리에게 동영의 인자에 대해 물어보았다.

우두머리는 고개를 흔들었다.

동영에는 기본적으로 인자가 많았다. 동영의 인자라고 해서 누굴 말하는지도 알 수 없거니와 왜구인 그가 인자의 세계에 대해 알고 있을 리 없었다.

"흐음."

학인준은 눈살을 찌푸렸다.

우두머리가 거짓말을 하는 것 같진 않았다.

이곳에 오면 뭔가 실마리를 찾을 줄 알았는데 보기 좋게 빗나가고 말았다. 이젠 남아 있는 시간도 별로 없어서 다른 곳에 가서 알아볼 여유도 없었다.

그때, 제갈사란이 여자들로만 이루어진 조원을 이끌고 마을로 들어섰다. 그녀는 몇 군데 돌아다니며 동영의 인자의 정보를 알아보았다가 여의치가 않자 눈을 남해로 돌리고 재빨리 달려왔던 것이다.

그녀는 학인준이 벌써 와 있는 것을 보고 처음에는 한발 늦었다는 걸 알고 아쉬워했다.

하지만 학인준도 아무런 정보도 얻지 못했다는 것을 깨닫고 고개를 갸웃거렸다.

"이상한 일이군요. 여기에선 뭔가 실마리를 얻을 줄 알았어요."

"그러게 말입니다."

학인준과 제갈사란은 서로 경쟁하는 처지였다.

원래는 정보를 교환해서는 안 되는 일이지만, 지금은 남아있는 시간이 얼마 없었고, 사실 확보한 정보도 없었다.

"학 공자는 이제 어떻게 하실 건가요?"

"남경에 가면 여러 민족이 모여 사는 마을이 있습니다. 그곳에 왜인들도 있으니 한번 가볼까 합니다."

"거긴 안 가시는 게 좋을 거예요."

"설마?"

"호호, 맞아요. 남경에 갔다가 허탕 치고 이곳에 온 거거든요."

"끙! 그렇군요."

학인준이 고개를 절레절레 흔들었다.

그렇다면 정말 갈 곳이 없었다.

왜인들과 관련된 곳은 모두 가본 셈이었다.

하지만 그 어디에서도 동영의 인자에 대한 흔적은 발견할 수 없었다.

실패!

명백한 실패였다.

천무서원 최고의 기재라는 학인준과 제갈사란이 모두 실패를 했으니 아마 성공하는 사람은 아무도 없을 것이었다.

'휴우! 설 매는 잘하고 있는지 모르겠구나!'

학인준이 먼 허공을 응시하며 화은설을 떠올렸다.


그 시각.

남해를 떠올린 사람은 그들 말고도 또 한 명이 있었다.

바로 화은설이었다.

"남해에 내려가야겠어."

사람이 궁하면 통한다고 했던가?

왜 진작 남해를 생각하지 못했는지 아쉬울 따름이었다.

그녀는 이미 학인준과 제갈사란이 남해로 갔다는 사실을 모르고 있었다.

그리고 왜구들을 섬멸하고 우두머리까지 생포했지만, 아

무엇도 알아내지 못했다는 것도 몰랐다.

기무결은 고개를 흔들었다.

동영의 인자들이 중개인을 끼고 있다면 남해가 아니라 동영에 간다고 해도 알아내지 못할 것이었다.

더구나 호북성에서 남해까지는 수천 리도 넘는 여정이었다. 당연히 십 일 만에 갔다가 돌아올 수 있는 거리가 아니었다.

'끙! 보물 찾을 시간만 더 늦어지게 생겼군.'

기무결은 입맛을 쓰게 다셨다.

허탕 칠 것을 뻔히 알면서도 남해까지 따라가야 하는 심정은 생각보다 씁쓸했다.

그래도 여기까진 괜찮았다.

그사이에 무림맹이 어디 가는 것도 아니고 단지 며칠 더 늦어지는 것뿐이기 때문이었다.

하나 정작 문제는 다른 곳에서 발생했다.

남해로 가기 위해 마차를 남문대로로 몰아갔다. 길목 곳곳에 감찰총국의 요원들이 검문을 벌이고 있었다. 기무결은 소스라치게 놀랐다. 어제까지만 해도 이 정도는 아니었기 때문이었다.

'지독한 놈!'

감찰총국 요원들이 누굴 찾고 있는지는 금방 알 수 있었다. 그들의 손에 기무결의 얼굴이 그려진 그림이 있었던 것이다.

일 년이 넘었는데도 아직까지 이 정도의 병력을 동원해서 자신을 찾고 있을 줄이야. 처음부터 어느 정도 각오는 하고 있었지만, 생각보다 사도옥은 더 지독하고 집요한 자였다.

'이대로는 힘들다.'

지금 남해로 내려가는 게 문제가 아니었다.

변장을 하지 않고는 감찰총국 요원들의 예리한 시선을 벗어나기 어려웠다.


四


한줄기 바람이 불어왔다.

마차는 동호가 바라다 보이는 언덕 위에 세워져 있었고 기무결은 열변을 토하고 있었다. 화은설은 심각한 표정으로 연신 고개를 끄덕였다.

"그러니까 지금 남해에 내려가지 않아도 동영의 인자에 대해 알 수 있다는 거야?"

"아마 가봐야 허탕 칠 게 뻔합니다."

"무슨 근거로 그렇게 생각하는 거지?"

화은설의 말투는 처음보다 많이 누그러져 있었다. 표정도 그리 차갑지 않았다. 이미 여러 번이나 기무결에게 도움을 받아서 고맙기도 했고, 왠지 기무결이 평범한 사람 같지 않아 대하는 걸 예전처럼 막 대할 수가 없었던 것이다. 꼬치꼬치

캐묻고 싶은 생각도 있었지만, 기무결이 원하지 않는 것 같아서 일단은 지켜보고 있는 중이었다.

"단서가 있습니다. 그것도 세 가지나."

"뭐, 뭐야? 단서가 있다구?"

화은설은 처음 듣는 말에 자신의 귀를 의심할 지경이었다.

"소인은 관아에서도 일을 한 적이 있고, 구문제독부에서도 하인으로 일한 적이 있습니다. 그때가 한창 문서 위조범들과 전쟁을 선포하던 시기였습니다."

"그게 이거와 무슨 상관인데?"

"소인은 관병들이나 구문제독부의 군인들이 하는 말을 어깨너머로 들은 적이 있는데, 문서 위조범들은 반드시 중개인을 끼고 일을 한다고 하더군요. 때문에 중개인을 잡지 못하면 문서 위조범도 잡을 수 없다고 했었습니다."

화은설도 중개인이 청부를 받으면 살수들에게 연결해 준다는 말을 들어본 적이 있었다.

하지만 중개인의 실체가 한 번도 드러난 적이 없어서 누구도 중개인이 실제로 존재하고 있는지는 모르고 있었다.

"그러니까 문서 위조계에도 있으니 살수계에도 있을 것이다?"

"제대로 이해를 하셨네요. 이게 바로 첫 번째 단서인 셈이죠."

"으음… 어느 정도 가능성이 있긴 하지만, 너무 비약이 심해! 살수계에는 없을 가능성도 있잖아?"

"물론 그렇죠. 하지만 있다고 가정을 했더니 개방과 하오
문 모두 아무 단서도 찾지 못한 것이 어느 정도 이해가 가더
란 말이죠. 아니, 오히려 개방과 하오문에서 단서를 찾지 못
했다는 말을 듣고 문서 위조계를 떠올렸으니 어쩌면 이게 첫
번째 단서일지도 모르겠네요."

화은설이 자신도 모르게 고개를 끄덕였다. 이 부분에 있어
서는 화은설도 같은 마음이었다.

"좋아, 세 번째 단서는?"

"소인도 들은 것인데, 문서 위조범에게도 등급이라는 것이
있다더군요. 그리고 그걸 결정해서 일을 맡기는 것 역시 중개
인이구요."

경험에서 나온 말이었다. 당시 기무결은 업계 최고의 실력
자였다. 때문에 어려운 일이 생기면 무조건 그에게 첫 번째로
의뢰가 들어오곤 했다.

그렇다면 살수계 역시 별반 다를 것 없다는 소리.

최고의 실력을 지닌 살수들에게는 어려운 청부를 맡기는
것이 당연할 것이고, 보통의 실력을 지닌 자들에게는 하기 쉬
운 청부를 맡기는 것이 순리일 것이다.

"그렇다면 천무서원의 청부 등급은 어떨 것 같습니까?"

"당연히 가장 어려운 것이겠지."

"바로 그겁니다. 때문에 업계 최고의 살수가 와야 정석입

니다. 한데 아무도 동영의 인자에 대한 소문을 들은 적이 없습니다. 과연 이게 정상적인 일일까요?"

"정상이 아닐 건 또 뭔데?"

"나 참, 한번 생각해 보십시오. 아무도 들어보지 못한 동영의 인자가 업계 최고인지 아닌지 어떻게 알고 청부를 합니까?"

"흐음, 듣고 보니 그러네?"

화은설이 심각한 표정으로 중얼거렸다.

"그렇다면 결국 동영의 인자들의 존재를 알고 있는 사람은 중개인밖에 없다는 것이잖아?"

"결론이야 그렇지만, 소인의 말이 진짜인지는 소인도 알 수 없습니다. 이건 어디까지나 소인이 관병들의 말을 듣고 유추한 것에 지나지 않으니까요."

"아니야! 네 말은 충분히 설득력이 있어. 나도 내내 동영의 인자가 중원에 들어왔는데도 전혀 소문이 나지 않은 것을 이상하게 생각하던 참이었으니까!"

화은설은 놀라움을 금치 못했다.

"아무래도 이상해!"

화은설이 기이한 눈빛으로 기무결을 쳐다보았다. 중원 최고의 기재라는 학인준보다 더 대단하게 느껴지고 있었다.

五.

화은설은 일단 기무결의 말을 따랐다. 이것이 그녀의 장점 중 하나였다.

엄밀하게 말하면 말도 안 되는 일이었다.

그녀는 명문세가의 후예였고, 천무서원에서 교육도 받고 있었다. 그에 반해 기무결은 하인으로 들어와 그녀의 마부 노릇을 하고 있었다.

백이면 백 기무결의 말을 무시하고 보았을 것이다.

하지만 화은설은 기무결의 말이 나름 타당하다고 여겼고, 그것은 이내 실천으로 옮겨졌다. 그렇게 하기까지 고민이 없었던 것은 아니었지만, 그녀는 옳다고 생각하면 어린아이의 말에도 귀를 기울일 수 있는 넓은 포용력을 가지고 있었다.

그들은 일단 변장을 하고 중개인을 찾기로 했다.

상대는 중개인이었다. 그들은 결코 호락호락한 자들이 아니었고, 접근하는 자들은 반드시 신상 파악에 들어가기 때문이었다.

물론 이것이 기무결의 애초 목적이었음은 두말할 나위도 없었다. 그는 속으로 한숨을 돌렸다. 변장을 하고 감찰총국 요원들의 눈을 피하는 데 성공할 수 있었다.

"근데, 누구로 신분을 위장해야 하지?"

화은설은 무림맹 안에서만 지내왔기 때문에 현실 감각에선 뒤처지는 면이 많았다.

결코 간단한 문제가 아니었다.

살수계의 중개인에게 접근하기 위해서는 당연히 살인 청부를 해야 한다. 당연히 누군가를 죽일 만한 이유가 있어야 했다.

기무결은 생각해 둔 사람이 있었다.

"혹시 대호상단이란 이름 들어보셨습니까?"

"남경에 있는 그 대호상단?"

그거라면 모를 리 없다.

중원십대상단 중 하나이기 때문이었다.

"대호상단은 암암리에 후계자를 놓고 전쟁이 벌어지고 있는 중입니다."

그럴 수밖에 없었다.

대호상단의 단주에겐 일곱 명의 자식이 있었는데, 하나같이 배다른 형제였기 때문이었다.

그들의 암투는 몇 년째 계속되고 있었다.

그중에 다섯째 내외가 가장 탐욕스럽고 포악한 성격을 가지고 있었다.

"그들 내외의 생김새는 알고 있어?"

"몇 번 본 적이 있습니다. 물론 먼발치로 말이죠."

"그럼, 너와 내가 부부로 변장을 하잔 말이야?"

"저도 좋아서 하는 일 아니니까 괜한 오해는 마세요."

"뭐야?"

화은설이 쌍심지를 켜고 기무결을 노려보았다.

"딱히 내키지 않으면 아가씨 혼자 중개인에게 접근을 하시든가요."

"그건 더 이상하잖아."

남경에서 이곳까지 부인 혼자 찾아와 살인을 청부한다는 게 말이 안 되는 일이었다. 차라리 남자 혼자 찾아오면 모를까.

자존심은 조금 상하는 일이긴 하지만, 부부로 변장하는 건 그럴 수 있었다.

하지만 변장을 하려면 그에 맞는 신분증도 필요하다.

화은설은 무림맹을 출발하기 전에 신분증을 받았지만, 대호상단의 다섯째 부인의 것이 아니었고, 기무결은 그나마 있지도 않았다.

화은설은 문득 아쉬운 생각이 들었다.

추각에서 문서 위조만 배웠다면 이런 문제는 바로 처리했을 것이었다. 아니, 용화성의 위조 도자기를 해결한 사람만 찾았어도 괜찮았을 것이었다.

"험험! 그거야 뭐……. 신분증은 문서 위조계 중개인을 찾아야겠죠."

화은설의 얼굴이 단박에 일그러졌다.

"그게 뭐야? 살수계 중개인 찾는 것도 어려운데, 이제 신분증 하나 때문에 또 중개인을 찾아야 한다구?"

이건 배보다 배꼽이 더 컸다.

돈만 있으면 얼마든지 신분증을 구할 수 있었지만, 문제는 중개인이 무슨 길거리 돌멩이도 아니고 쉽게 찾을 수 없다는 것이었다.

하지만 그녀가 어찌 알겠는가?

천하제일 문서 위조 전문가가 바로 그녀 앞에 있다는 사실을.


푸드득!

화전민 마을에 한 통의 전서구가 날아왔다. 마을은 어디서나 볼 수 있는 평범한 모습을 하고 있었다. 땅을 일구고 농사도 짓고, 집집마다 굴뚝 사이로 연기가 흘러나오고 있었다.

하지만 농사를 짓는 농부들의 동작에는 힘과 절도가 느껴졌고, 눈빛에는 강렬한 예기까지 흘러나왔다.

푸드득!

전서구가 들어간 곳은 마을 중앙에 있는 커다란 집이었다.


─화은설이 숲을 떠나 그곳으로 향했음. 이번에는 실수하지 말고 그녀를 제거해 주시오, 막주!

第十一章

송가장

기무결은 한 번 문서를 위조해 주는 대가로 백 냥을 받았었
다.

　물론 그의 실력이 천하에서 가장 뛰어났고, 위조할 문서가
중요할수록 그 값이 올라가게 마련이지만, 보통 가격이 오십
냥 전후로 형성되어 있었다.

　기무결과 화은설의 신분증을 사려면 최대 이백 냥이 필요
하다는 뜻이었다.

　영영은 객잔에서 기다리기로 했다. 영영은 자신만 소외시
킨다고 입이 한 자나 나왔지만, 청부를 하러 가는 입장에서
많은 사람을 대동하고 갈 수는 없는 노릇이었다.

그들은 또 한 번 일일 찻집을 열었다.

예전에 벌었던 돈은 화은설과 영영이 거의 다 써서 수중에 남은 돈이 별로 없었던 것이다.

이번엔 처음보다 더 호응이 좋았다. 한 번 경험이 있는데다 소문도 나서 많은 사람이 몰려왔기 때문이었다.

그렇게 하루 만에 벌어들인 돈이 오백 냥이 넘었다. 처음에 비하면 이백 냥을 더 번 것이다. 화은설과 영영은 도무지 믿기지 않는 현실에 넋을 잃을 정도였다. 그동안 돈 몇 푼이 없어서 고민하고 좌절하던 모습이 황당하게 느껴질 정도였다.

아무튼, 이제 돈 문제는 해결된 셈.

문서 위조계 중개인을 찾는 일만 남아 있었다.

기무결은 잠깐 관아에 갔다 오겠다며 돈을 들고 사라졌다.

"예전에 구문제독의 하인으로 있을 때, 이곳 현령과 안면이 있었어요. 아직까지 구문제독의 하인으로 있다고 거짓말 하고 도와달라고 부탁하면 신분증을 발급해 줄 수도 있어요."

"관아에서 그런 것도 해?"

화은설은 처음 들어보는 말에 고개를 갸웃거렸지만, 기무결이 그렇다니 일단 믿고 기다리는 수밖에 없었다. 그리고 관아에 도움을 받을 수 있다면 문서 위조계 중개인을 찾지 않아도 되기 때문에 시간도 대폭 절약할 수 있었다.

기무결은 반나절 동안 객잔에 틀어박혀 신분증을 위조했다. 이게 도대체 무슨 짓인지. 살다 살다 별짓을 다 한다고 생각했다.

하나 이미 내친걸음이었다.

기무결은 화은설이 혹시 의심을 할까 싶어 관아의 직인이 찍힌 공문서도 준비했다.

화은설은 아무 의심도 할 수 없었다. 그녀가 공문서와 두 개의 신분증을 받아 들고 뛸 듯이 기뻐한 것은 당연했다.

그녀의 인생에 이런 적은 한 번도 없었다.

기무결을 만나기 전에는 무엇을 하든 제대로 풀린 적이 없었다. 항상 다른 사람들의 야유를 받든가, 모멸과 무시를 받고 뒤틀리기 일쑤였다.

한데 기무결을 만난 이후로 돈도 오백 냥 정도는 하루면 뚝딱 벌 수 있었고, 위조문서도 관아의 협조 아래 발급받았으니 천운도 이런 천운이 없었다.


중개인을 찾는 건 결코 쉽지 않았다.

만약 화은설 혼자였다면 무엇을 해야 할지 몰라 막막했을 것이었다.

기무결은 중개인의 심리는 다 거기서 거기일 거라 생각했다.

그는 동호와 무한 일대를 돌아다니며 객잔과 주루, 포목점 등을 유심히 관찰했다.

중개인은 반드시 평범한 직업을 가진 채 사람들 속에 섞여서 살아간다. 때론 중개인이 먼저 힘들고 어려운 사람들에게 다가가는 경우도 있었고, 알음알음 소문을 듣거나 누군가의 추천을 받고 사람이 찾아오는 경우도 있었다.

때문에 아무리 평범하게 살아간다 해도 어느 한순간 틈이 보일 수밖에 없었다.

경험이 없는 사람은 그 틈조차 발견하기 어려웠지만, 기무결은 그런 면에서 상당히 특별한 존재였다.

고생은 결코 헛되지 않았다.

기무결은 가장 의심 가는 사람을 발견했다. 그 틈을 보인 사람은 의외로 송가장이라고 하는 곳이었다.

송가장은 무한 일대에서 알아주는 지역 유지였다.

사람들 출입도 많았고, 연회도 자주 벌어져 여러모로 중개인 자격에 부합하는 것이었다.

하지만 무작정 접근할 수는 없었다.

일단 송가장이 중개인이 맞는지 확인하는 것이 먼저였다. 때마침 며칠 뒤에 지역 유지들 부부 사이에 동반자 모임이 있었다.

송가장의 장주가 중개인이 맞다면 틀림없이 그날 누군가와 접촉을 가질 게 뻔했다.

한 명일 수도 있고, 여러 명일 수도 있었다.

중요한 건 송가장의 장주도 감시해야겠지만, 손님들도 확인해야 한다는 것이었다.

"좋았어."

기무결은 그날을 노렸다.

二

그로부터 며칠 후!

기무결과 화은설은 한껏 차려입고 송가장 앞에 나타났다.

연회 시간이 아직 반 시진이나 남았는데도 송가장에는 쌍쌍으로 온 손님들로 붐볐다. 지금도 이러면 연회 시간엔 얼마나 많은 사람이 올지 안 봐도 알 수 있을 정도였다.

화은설이 얼굴을 가볍게 찌푸렸다.

"잠입하는 건 성공했는데, 사람이 너무 많아서 일일이 확인하는 건 어려울 것 같아."

"그건 차차 확인하도록 하고."

기무결이 화은설의 어깨를 가볍게 감싸안았다.

"설 매, 안으로 들어갑시다."

다섯째 부인의 이름이 마침 금매설이었다.

화은설의 얼굴이 붉어졌다. 아직 남자와 제대로 손 한 번 잡은 적 없던 그녀였다. 기무결이 어깨를 잡아오자 괜히 얼굴이 화끈거려 어쩔 줄 몰랐다.

"내, 내가 알아서 들어갈 테니까 이 팔은 좀 치우면 안 돼?"

"쯧쯧, 지금 연기하는 거 안 보입니까? 그러다 사람들이 눈치라도 채면 어쩌시려고 그러는지 원. 어서 장단이나 맞추십시오.”

“뭐라고 장단을 맞춰야 하는데?”

“그냥 오빠라고 부르시든가.”

“끙! 꼭 그렇게 불러야 하는 거야?”

화은설의 얼굴은 붉어지다 못해 금방이라도 터질 것 같았다.

“그렇다고 부부 사이에 공자는 너무 딱딱하잖아요. 뭐, 상공이라고 부르든가.”

“그냥 공자라고 부를 거야. 부부 사이라고 꼭 오빠니 상공이니 그렇게 부를 필요는 없잖아.”

아무리 연기라도 낯이 간지러운 건 어쩔 수 없었다.

“그러시든가.”

기무결이 화은설을 끌어안은 팔에 더욱 힘을 주었다.

“너, 너 미쳤어? 왜 팔에 힘을 주고 그래?”

“그럼, 부부 사이인데 멀찍이 떨어져서 걸어요?”

“그, 그냥 살짝 힘만 주면 되잖아? 걸친 듯 만 듯 그렇게.”

“어이구, 어색한 티를 팍팍 내잔 말입니까? 도대체 요원 수업을 받은 거 맞긴 맞아요?”

기무결의 구박에 화은설의 눈썹이 꿈틀거렸다.

“설 매! 우리 저쪽으로 가서 화원 좀 구경합시다.”

그리고는 화은설의 허리에 손을 척하고 얹었다. 나긋나긋한 살결이 도무지 인간의 몸이 아닌 것 같았다. 그의 손이 살

금살금 엉덩이로 내려갔을 때는 하마터면 기겁을 한 나머지 소리를 지를 뻔했다.

"으으, 그 손 좀 치우지.".

"다 임무예요, 임무! 부부 사이에 이 정도는 기본이라구요."

'으아악! 약 올라. 이게 지금 일부러 나를 골탕 먹이려고 작정한 게 틀림없어.'

그놈의 임무가 뭔지.

화은설은 억지로 웃고 장단을 맞춰줘야만 했다.


"용 대인이라는 자는 딱히 의뢰하려고 온 것 같지 않아. 중개인을 찾아왔다면 조금이라도 긴장하게 마련인데, 그런 모습이 전혀 없었거든."

화은설의 눈은 예리했다.

그녀는 수업 시간에 배운 것을 최대한 적용해 사람들의 성격을 분석하거나 특징을 조사하는 중이었다. 화은설은 이런 식으로 연회에 참석한 사람 중 삼십여 명의 조사를 끝낸 상태였다. 지금까지는 특별히 의심 가는 사람은 없었다.

하지만 이런 식으로 조사를 하다가는 날이 새도 부족할 판이었다. 그도 그럴 것이 사람들의 성격이나 행동을 조사하려면 일단 그들과 대화를 나눠야 가능하기 때문이었다.

화은설이 진지한 표정으로 말했다.

"아무래도 특단의 조치가 필요할 것 같아. 무슨 좋은 방법이 없을까?"

"……."

"왜 대꾸가 없어? 내 말 듣고 있는 거야?"

화은설이 문득 이상한 생각에 주변을 돌아보았다. 자신의 곁에 있어야 할 기무결의 모습이 보이지 않았다.

하하!

호호!

저 앞쪽에서 남녀의 웃음소리가 들려왔다.

순간 화은설의 두 눈에서 불통이 튀었다. 기무결이 네댓 명의 여인에게 둘러싸인 채 웃고 떠들고 있었기 때문이었다.

"아니, 저 변태 종놈이 언제 저기에 간 거야?"

화은설이 씩씩거리며 탁자 위에 있던 술잔을 입에 털어 넣었다. 처음에는 기가 막혀 말문이 막히는 그런 정도였을 뿐이었다. 그러는 와중에도 여인들은 무엇이 그리 재미가 있는지 쉴 새 없이 까르르 웃어댔다.

"호호! 공자님은 정말 재미있는 분 같으세요."

"그래서 그 하인은 어떻게 되었는데요?"

"후후! 어떻게 되긴요. 손이 발이 되도록 빌어서 간신히 용서를 받았지만, 그 이후로 변태 종놈이 되었답니다."

"깔깔깔! 변태… 종놈이라고요?"

"호호! 정말 그 여자 무식하네요. 어떻게 여자 입에서 그런 말이 서슴없이 나올 수가 있죠?"

푸하하!

여인들은 배꼽을 잡고 자지러졌다.

어떤 여인은 너무 웃어서 눈물을 흘리는 경우도 있었다.

"서, 설마 여인들과 잡담을 나누고 있었던 거였어?"

화은설은 혈압이 끓어올랐다.

가관도 아니었다.

기무결은 여인들의 환심을 사기 위해 자신과 있었던 일을 팔아먹은 것 같았다.

"어, 어쭈?"

화은설이 두 눈을 크게 치떠졌다. 기무결이 갑자기 앞에 서 있던 여인의 어깨에 묻어 있는 먼지를 떼어주었던 것이다. 이건 대놓고 작업하는 것이 아니고 무엇이겠는가? 더 웃기는 일은 여인의 태도였다. 그녀는 수줍게 웃으며 눈웃음을 치고 있었다.

"뭐, 뭐야? 겨우 저런 취향이었어?"

화은설이 코웃음을 치며 식탁 위에 있던 술잔을 벌컥 들이 켰다.

그렇게 취향 운운하더니 작업을 거는 여인이 하필이면 삼십 대 초반 정도로 보이는 아줌마였다. 더구나 약간 통통하기도 해서 미녀와는 거리가 멀었다.

"풋! 웬일이니? 그렇게 고상한 척하더니 취향이 통통한 아줌마였어?"

웃음이 나와야 정상이었다.

하지만 화은설은 또다시 술을 벌컥 들이켰다.

이미 몇 잔을 마셨는지 조금씩 취기가 올라오고 있었다.

그녀는 은근히 자존심이 상했다. 동반자인 자신을 버리고 다른 여자들에게 갔다면 적어도 자신보다는 아름다워야 하는데, 이건 비교조차 될 수 없으니 더욱 분통이 치밀어 올랐다.

三

연회는 해가 지고 날이 어두워지면서 분위기가 더욱 무르익기 시작했다. 연회장에는 등불이 환하게 밝혀져 있었다. 한쪽에는 비파와 수금, 통소를 연주하는 자들이 따로 있었고 선율이 흐르는 가운데 사람들이 먹고 마시며 홍겨운 시간을 보내고 있었다.

기무결은 연회가 그리 어색하지 않았다. 그는 한때 대명전장의 우수고객이었고, 지역 유지들이나 부자들과 가끔 어울릴 기회가 있었기 때문이었다.

하지만 이런 식의 대규모 연회는 대도시였던 남경에서조차 없었다. 일단 비용이 너무 많이 들어가기 때문이었다. 대충 삼백 쌍은 온 것 같았다. 한 마을에 지역 유지가 이렇게까지 많을 리는 없을 터. 인근 마을에서도 찾아와야 가능한 일이었다.

기무결은 그것이 이상했다. 무언가 얻고자 하는 게 없다면 엄청난 돈을 쓰면서까지 대규모 연회를 여는 이유가 없기 때문이었다. 그가 여인들에게 접근한 이유였다. 먼저 농담을 하며 여인들의 환심을 산 다음 조심스럽게 송가장의 장주에 대해 묻기 시작했다.

"호호! 송가장의 장주님은 두 달에 한 번 정도는 연회를 열 정도로 화통하시답니다."

여인들도 별다른 의심하지 않고 친절하게 대답해 주었다.

"에잇, 농담하지 마십시오. 이 정도 규모의 연회를 한 번 열려면 돈이 얼마나 필요한지나 아십니까?"

"호호! 공자께서 그렇게 생각하는 것도 무리는 아닐 거예요."

"하지만, 저희가 한 말은 모두 사실이랍니다. 들리는 말로는 선친에게 유산을 많이 받았다나 봐요."

이것 봐라? 기무결이 눈빛을 반짝였다.

이거 어디서 많이 들어본 소리였다.

그가 남경에서 신분을 속이고 살고 있을 때, 사람들을 속이기 위해 꾸며낸 말과 너무도 똑같았다. 아마 다른 사람이었다면 그러려니 하고 넘어갔을 일이었지만, 불행히도 상대는 기무결이었다. 그는 문득 머릿속으로 떠오르는 것이 있었다.

"송가장의 장주는 이곳 출신이 아닌 모양이군요."

"맞아요. 이 년 전에 왔는데, 그걸 어찌 아셨어요?"

"후후! 아마 평소에 좋은 일도 하지 않습니까? 예를 들어 과부와 고아들을 구제한다든지, 돈이 없어서 치료를 받지 못하는 사람들을 위해 돈을 지원한다든지 말입니다."

"호호! 공자님은 장주님에 대해 알고 있으면서도 지금까지 모른 척하셨군요."

역시! 기무결은 속으로 고개를 끄덕였다.

사기꾼은 사기꾼을 알아보는 법.

송가장의 장주라는 자는 자신과 마찬가지로 사기꾼이었다. 그렇다고 중개인이라고 속단하기에는 이르다. 중개인은 이렇게까지 자신을 드러내지 않기 때문이었다.

'뭔가 비슷하면서도 다르군.'

문득 연회에 핵심이 있을 것 같았다.

바로 그때였다.

화은설이 술에 취해 고래고래 소리를 질러댔다.

"야, 기무결! 네놈이 그러고도 인간이냐?"

그녀의 혀는 이미 꼬부라질 대로 꼬부라져 있었다.

"너 그러는 거 아냐, 짜샤! 동반자인 나를 내팽개쳐 두고 다른 여자들과 놀아나고도 네놈이 무사할 줄 알아? 끄억!"

기무결은 기겁했다.

그는 화은설이 무슨 말을 더 지껄일지 몰라 재빨리 그녀에게 다가갔다.

"설 매! 무슨 술을 그리 많이 마신 것이오?"

"임마, 누가 네놈의 설 매야?"

"하핫! 설 매는 농담도 잘하시오. 제, 제발 정신 좀 차려보시오."

기무결이 어색하게 웃었다.

이러다 정체가 탄로 날까 두려웠다.

그러거나 말거나, 화은설은 혀 꼬부라진 소리로 계속 떠들어댔다.

"너 그러고 보니 취향이 참 독특하더라. 풋! 저런 뚱땡이 아줌마를 좋아했던 거야? 끄억! 나 같았으면 창피해서 진작에 혀 깨물고 죽었어, 짜샤!"

여기저기서 사람들이 웃어대는 소리가 들려왔다.

기무결은 주변을 돌아보고 억지웃음을 지으며 화은설을 향해 귓속말로 속삭였다.

"아가씨! 그만 입 좀 닥치고 나를 따라오시죠."

기무결이 말과 함께 억지로 화은설을 데리고 나가려고 했다.

"이거 안 놔?"

화은설이 기무결의 팔을 뿌리쳤다.

"조금 풀어주었더니 주제도 모르고. 감히 종놈 주제에 누구보고 이래라 저래라야? 끄억!"

허걱?

기무결은 화들짝 놀라 화은설의 입을 틀어막았다. 덕분에 종놈이라는 말부터는 막을 수 있었지만, 계속 여기에 두었다가는 무슨 짓을 벌일지 몰랐다.

"진짜 미쳤어요? 술이 너무 많이 취하신 것 같은데, 일단 밖에 나가서 바람 좀 쐬고 들어오는 게 좋겠습니다."

"우읍!"

"왜 그러세요?"

"손 치우지 못해, 우읍!"

"헉? 호, 혹시 토악질하려는 건 아니죠? 할 거 같으면 미리 말하세요."

기무결은 손을 치우고 싶어도 화은설이 또 무슨 헛소리를 할까 두려워 이러지도 저러지도 못했다.

"아니, 무슨 여자가 술도 못하면서 이렇게 마셔대는 겁니까?"

"닥쳐! 앞으로 조사는 나 혼자 할 거니까 네놈은 여자들하고 노가리나 까. 우엑!"

화은설의 입에서 참고 참았던 토악물이 분수처럼 쏟아져 나왔다. 그녀는 입을 막고 저 멀리 달려갔다.

"으악! 미리 말하라고 했잖아!"

기무결이 비명을 지르며 뒤로 물러섰지만, 이미 그때는 한 발 늦은 뒤였다. 그의 손은 물론이고 값비싼 화려한 장삼이 화은설의 토사물로 가득 뒤덮였다. 주위에 있던 사람들은 고

약한 악취에 기겁을 하며 도망쳤다.

'어이구, 쪽팔려 미치겠네.'

제법 얼굴이 두꺼운 기무결조차 창피해서 죽을 지경이었
다.

四

시간은 이경이 되어가고 있었다. 연회장은 쉴 새 없이 웃음
이 터져 나오고 있었다. 아마 화은설이 주사를 부리고 토악질
한 것을 두고 서로 대화를 나누는 게 틀림없어 보였다.

"어이구, 도대체 이놈의 냄새는 씻어도 사라지지가 않네.
그나저나 이 여자는 어디에 있는 거야?"

기무결이 옷을 씻고 오자 화은설이 어디로 사라졌는지 보
이지 않았다.

그는 혹시 화은설이 술이 깨고 주정 부린 것이 떠올라 도망
쳐 나간 것이 아닌가 싶어 수문위사에게 물었다.

"글쎄요. 저희는 방금 교대를 해서 잘 모르겠습니다."

"그렇소?"

기무결은 하는 수없이 정문 밖으로 나갔다. 정문 앞에는 손
님들이 타고 온 마차가 있었고, 마차에는 마부들이 대기하고
있었다. 다행히 그들은 계속 자리를 지키고 있었던 터라 자세
한 이야기를 들을 수 있었다.

"연회가 시작된 이후로 밖으로 나온 사람은 단 한 명도 없습니다."

"쯧쯧, 아까도 어떤 사람이 누구 나간 적이 없냐고 묻고 다니더니 또 그러네. 찾으려면 안에서 찾아야지 왜 밖에서 찾는지 원."

순간 기무결의 귀가 번쩍거렸다.

"그러니까 소생처럼 사람을 찾고 있는 사람이 있었단 말이오?"

"그렇다니까요. 그 양반은 아까부터 부인을 찾으러 다니던 눈치였습니다."

"흐음……."

이게 단순히 우연의 일치일까?

기무결은 뭔가 석연치 않은 구석이 느껴졌다.

그때, 문득 송가장의 장주가 신분 세탁을 충분히 했음에도 불구하고 연회를 여는 것에 주목했다.

"혹시……?"

기무결은 무엇인가를 떠올리고 얼굴이 사색으로 변했다.

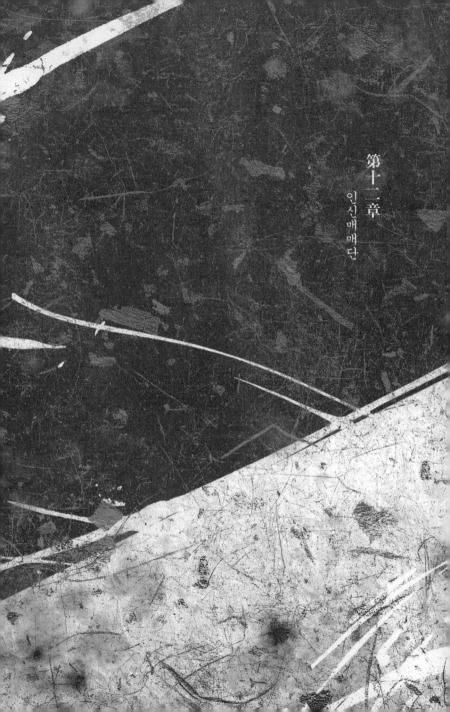

第十二章
인신매매단

一

"제길, 송가장은 인신매매단의 소굴이다!"

어쩐지 뭔가 비슷한 것 같으면서도 다르더라니.

기무결의 얼굴이 심각하게 변했다. 언젠가 들은 기억이 있었다. 요즘 인신매매단 사이에서는 출신 성분을 따진다는 소리를 말이다.

소문에 따르면 단순히 얼굴만 아름다워서는 비싼 가격에 팔리지 않는다고 했다. 한마디로 인기가 떨어진다는 소리였다. 대신 얼굴은 좀 떨어져도 신분이 높거나 명문세가의 여인일수록 높은 가격에 팔려 나갔다.

하물며 얼굴도 아름다우면서 출신도 뛰어난 명문세가 출

신의 여인이라면 두말할 나위도 없을 터. 이런 식으로 연회를 열어 출신과 배경 그리고 여인의 외모를 한꺼번에 알아두면 나중에 두고두고 편해질 것이다.

"그래도 인신매매단이 이런 식으로 화려한 장원에서 뻔뻔하게 살고 있을 줄은 몰랐군."

어지간한 기무결도 놀라지 않을 수 없었다.

사람들이 전혀 의심을 하지 않는 것도 당연했다. 하긴, 과부와 고아들을 구제하면서 사는데 누가 파렴치한 인신매매범으로 생각하겠는가? 당연히 백성들 틈에 섞여서 평범한 모습으로 살아가는 것도 생각할 수 없는 일이었다.

요즘 사기꾼들의 수법은 점점 교활하고 치밀하게 진화하고 있는 것이다.

세상에는 온갖 나쁜 놈이 있지만, 그중에서도 인신매매범들이 최악의 인간 말종이었다.

"이런 씨뱅이들이 감히 사람을 우습게 봤단 말이지?"

눈앞에서 동반자로 왔던 화은설이 사라진 것이다. 대놓고 무시를 당한 것이나 마찬가지였다.

그나저나 일이 복잡하게 꼬이고 있었다.

인신매매단의 특성상 한두 시진만 지나도 온전하게 되찾는 건 불가능하다고 봐야 한다.

"어딜까?"

기무결은 화은설이 감금되어 있을 만한 곳을 떠올려 보

왔다.

하나 건물이 많고 장원이 넓어서 찾는 게 그리 쉬운 일이 아니었다. 더구나 어딘가에 기관장치라도 설치되어 있다면 그 확률은 더 떨어지게 마련이었다.

기무결이 다시 연회장 안으로 들어섰을 때는 이미 한바탕 난리가 벌어진 뒤였다. 어떤 남자가 관병까지 대동한 채 부인을 찾겠다고 소란을 피우고 있는 중이었다. 형소일이라는 청년이었던가? 대충 통성명을 나누고 가볍게 대화를 나눈 기억이 있었다.

"헛헛! 이것 참, 난감하구려! 형 공자가 그렇게 말하니까 소생이 꼭 부인을 납치라도 한 줄 오해하겠습니다."

송태윤은 미소를 짓고 있었지만, 얼굴 가득 불쾌한 기운이 역력했다.

최근 동호 일대는 물론이고 인근 마을에도 여인들이 사라지는 일이 발생하고 있었다. 그렇게 사라진 여인이 사십 명이 넘었다. 관아에서 수사를 하고 있었지만, 아직 범인의 단서조차 발견하지 못한 상태. 백성들 사이에서는 온갖 괴담이 떠돌아다녔고, 민심은 극도로 흉흉해져 있었다.

"그렇게 들렸다면 용서하십시오. 하지만 연 매는 밖으로 나간 적이 없습니다. 그렇다면 이곳 어딘가에 있다는 소리 아닙니까?"

형소일은 끝까지 자신의 주장을 굽히지 않았다. 안으로 들어온 적은 있는데, 밖으로 나간 적은 없었다.

사람이 하늘로 증발한 것이 아닌 이상 분명 어딘가에 있어야 정상이었다. 결국 그는 송태윤을 의심할 수밖에 없었다.

'관병까지 데려왔으니 일단은 지켜보는 것이 좋겠군!'

형소일의 부인이라면 상당히 단아한 미모를 지닌 미녀였다. 충분히 인신매매단이 눈독을 들일 만했다.

하지만 아무리 그래도 연회장에서 바로 납치한다는 게 상식적으로 말이 되지 않았다. 기무결은 확인할 것이 있어서 자신과 웃고 떠들었던 여인들에게 다가갔다.

여인들이 반색을 하며 기무결을 반겼다.

"아! 공자님, 어디 갔다가 이제 오세요."

"잠시 바람 좀 쐬다 오는 길입니다. 한데 이게 무슨 일입니까?"

"글쎄, 형 공자가 부인이 없어졌다며 진상을 부리고 있네요."

"대충 상황을 보니 그런 것 같군요. 혹시 형 공자와 그 부인 사이에 무슨 문제라도 있었습니까?"

"문제가 있다뿐인가요? 너무 많아서 탈이죠."

여인들에 따르면 상황은 이랬다.

원래 형소일은 예전에만 해도 전도유망하던 청년이었다.

그는 어린 나이에 진시에 급제하고 금방이라도 과거 시험에 장원급제를 할 수 있을 것 같았다. 때문에 많은 곳에서 혼처가 들어왔었고, 그중에서 가장 집안이 훌륭하고 미색이 뛰어난 도소연과 결혼한 건 어쩌면 당연한 일이었다.

하지만, 결혼을 하고 난 이후가 문제였다. 형소일은 번번이 과거 시험에 낙방을 했고, 어느새 서른이 다 되어가고 있었다. 한데도 형소일은 과거 시험에 대한 미련을 버리지 못하고 계속 공부만 하고 있었다. 그사이에 그는 처갓집 도움으로 근근이 살아가고 있는 중이었다.

'흐음. 설마 도망간 것으로 처리할 생각인 건가?'

그는 한눈에 송태윤의 의도를 눈치채고 혀를 내둘렀다.

신분 세탁을 했을 때부터 알아보긴 했지만, 여긴 결코 평범한 인신매매단이 아니었다.

바로 그때, 여기저기서 사람들이 수군거리는 소리가 들려왔다.

"쯧쯧, 드디어 부인이 도망을 간 모양이군."

"그러게 말이야! 십 년을 넘게 뒷바라지를 했으니 이제 지칠 법도 하지."

"그나저나 연회장에서 도망을 갔다면 외간 남자와 눈이 맞았을 가능성이 높다는 소리 아냐?"

"허! 듣고 보니 그럴 수도 있겠군."

형소일의 얼굴이 벌게졌다. 도소연은 절대 무책임하게 자신과 아이들을 버리고 도망칠 여인이 아니었다. 더구나 외간 남자와라니.

그는 분하고 억울했지만, 사람들은 모두 송태윤 편이었다.

기무결은 속으로 혀를 찼다.

'대단하군. 느닷없이 외간 남자가 등장할 줄이야! 누군가 바람잡이 역할을 하지 않고는 불가능한 일이다.'

그렇다면 손님 중에 놈들의 일당이 섞여 있다는 소리.

하지만 사람들은 그걸 전혀 모르고 있다는 것이었다. 가뜩이나 형소일에게 호의적이지 않던 민심은 더욱 악화될 수밖에 없었다.

송태윤의 표정은 시종일관 당당했다.

"형 공자, 지금이라도 사과를 하면 방금 했던 말들은 없던 것으로 하겠소. 하지만 끝까지 소생을 파렴치한 놈으로 몰면 그때는 소생도 무고죄로 고소할 수밖에 없소이다."

형소일은 잠시 갈등했다. 송태윤의 태도가 너무 당당해서 정말 아닌 것 같은 생각이 들었다.

하지만 그는 마부들에게 확인하지 않았던가? 도소연의 성격을 봐도 외간 남자와 도망칠 리 없었다.

"송 대인을 의심하는 건 아닙니다. 다만, 소생이 전각을 확인할 수 있게만 해주십시오."

"끝까지 저를 의심하는구려! 좋습니다, 형 공자가 그렇게 말씀하신다면 어디 한 번 확인해 보시지요."

호흐.

송태윤의 눈빛이 교활하게 웃고 있었다.

二

"여기가 마지막 건물인 별채의 지하실이오."

송태윤은 자신이 직접 장원과 전각을 돌아다니며 방과 침소, 그리고 지하실까지 모두 형소일에게 확인시켜 주었다. 혹시라도 나중에 말이 나올 것을 미연에 방지하기 위해 송태윤은 시녀와 하인, 심지어는 그의 가족들까지 한곳에 모았다.

연회장에는 그들을 감시할 사람 몇 명만이 남았고, 대부분 형소일을 따라나섰다. 기무결이 사람들 속에 섞여 따라간 것은 당연지사.

송태윤이 형소일을 돌아보며 말했다.

"자, 모두 살펴봤으니 알겠지만, 형 공자의 부인이 어디에 있었소?"

"이, 이건……."

형소일은 당황한 나머지 어찌할 바를 몰랐다. 모든 사람이 보는 앞에서 직접 확인한 것이니 이젠 어떤 변명도 통하지 않았다.

'지, 진짜로 연 매가 도망을 쳤단 말인가?'

형소일은 이제 뭐가 뭔지 헷갈릴 지경이었다.

그의 눈에서는 알 수 없는 눈물이 흘러내렸다.

한편 관병들은 관병들 나름대로 짜증이 잔뜩 치밀어 오른 상태였다. 이 야밤에 말도 안 되는 이유로 불러놓고는 이게 무슨 짓인지.

평소 송태윤의 성품으로 봤을 때 여인을 납치한다는 건 있을 수 없는 일이었다. 그래도 사건이 접수되어 하는 수 없이 오긴 왔지만, 처음부터 결과가 이렇게 될 줄 짐작하고 있었다.

"에잇, 참!"

"잠잘 시간만 놓쳤네."

관병들은 일제히 한마디씩 불평을 늘어놓고 관아로 돌아갔다.

연회장의 손님들이 투덜거리며 전각 밖으로 나왔다. 여기저기서 형소일을 비웃는 소리가 터져 나왔다.

"애초에 송 대인이 유부녀를 납치했다는 게 말이 안 되는 일이잖아?"

"그러게 말이야. 송 대인이 과부와 고아들을 도와주고 불쌍한 병자들을 무상으로 치료해 준 게 어디 하루 이틀이야?"

"더구나 도 소저가 사라지면 가장 먼저 의심을 받는 사람이 송 대인인데, 바보 멍청이가 아닌 이상 이곳에서 납치한다는 게 말이 돼?"

"쯧쯧, 이건 자신의 손으로 직접 부인이 도망친 것을 증명한 꼴이니 원."

"그래도 그렇지, 어떻게 연회장에서 도망칠 수가 있는 거야?"

연회장의 손님들은 그렇게 도소연이 외간 남자와 도망친 것으로 결론을 내렸다. 두고두고 사람들 입에 오르내릴 엄청난 일이었다.

기무결은 속으로 가볍게 혀를 찼다.

그는 처음부터 결론이 이렇게 될 줄을 알고 있었다. 평범한 유생이 인신매매단을 상대로 이길 수는 없는 법이다. 그럼에도 처음부터 지켜본 건 전각을 살펴보기 위해서였다.

그는 사람들이 확인을 끝내고 다른 곳으로 이동하면 그때를 이용해서 재빨리 침상 아래는 물론이고 벽에 걸린 그림, 창고나 지하실 등을 살펴보는 식으로 조사를 진행했다. 속전속결로 조사하긴 했지만, 단 한 곳도 빠뜨리지 않고 꼼꼼히 살펴보았다.

하지만 어디에도 기관장치의 흔적은 보이지 않았다. 그것이 끝내 기무결을 당혹스럽게 만들고 있었다.

"이럴 리가 없는데⋯⋯."

뭔가 잘못된 게 틀림없었다.

저 멀리 회심의 미소를 짓고 있는 송태윤의 모습이 보였다. 형소일을 향한 미소였지만, 기무결은 자신도 비웃음당하는 듯한 기분이 들었다.

"응?"

기무결이 고개를 갸웃거렸다.

별채의 창문에 달빛이 반사되어 아름답게 빛나고 있었다.

"잠깐! 창문이 왜 열아홉 개지?"

그렇다는 건 전각에 방이 열아홉 개라는 소리.

하지만 그가 둘러본 바로는 전각엔 방이 열여덟 개밖에 없었다.

아!

머릿속에 뭔가 번쩍하고 떠오르는 것이 있었다.

"그렇군! 드디어 놈이 사용한 속임수가 뭔지 알아냈다."

三

기무결은 혀를 내둘렀다.

전각 안에 기관장치가 만들어져 있긴 했지만, 설마 건물 복도 끝에 만들어두었을 줄은 생각 못 한 것이다. 일반적으로 복도 끝이라고 하면 누구도 관심을 두지 않는다.

그건 복도 끝이 건물의 끝이기 때문이었다. 거기에 뭔가 장치를 하기에는 공간이 너무 협소해서 누구도 안중에 둘 수 없는 곳이었다.

지금 이건 엄청난 착시 효과였다.

밖에서 보면 창문이 열아홉 개지만, 안에서 보면 열여덟 개밖에 없다. 아주 간단한 이치지만, 창문을 일일이 확인하는 사람은 세상천지에 아무도 없을 것이다.

더구나 기관장치는 대개 지하 창고나 벽난로, 서재 같은 곳에 만드는 것이 일반적인 현상인데, 송태윤은 사람들이 자주 다니는 복도에 떡하니 만들어놓았던 것이다. 이 기상천외한 방법에 기무결도 그만 감쪽같이 속고 말았다.

그리고 결정적으로 속을 수밖에 없었던 또 하나의 이유가 있었다. 복도 끝에는 창문이 나 있긴 한데, 천장 위쪽에 있었다.

대신 창문이 나 있어야 하는 자리에 그림이 걸려 있었다. 처음에는 부를 과시하기 위해 그림을 걸어놓은 줄 알았었는데, 이제 보니 창문을 열고 옆 건물을 확인하지 못하게 하기 위해서였다.

"여긴 아니군."

기무결은 재빨리 오른쪽 복도 끝으로 내달렸다. 과연 마지막 방에 들어가 창문을 내다보자 바로 옆에 또 하나의 창문이 보였다.

"이게 기관장치 열쇠로군."

기무결이 한참을 살펴보다 복도에 걸려 있던 그림을 떼어내고 벽걸이를 힘주어 돌리자 벽이 움직이고 밀실이 나타났다.

밀실은 어두웠다. 휘장으로 창문을 막아 빛이 한 점도 들어오지 않았던 것이다.

하지만 기무결은 천무은형잠종대법의 영향으로 밀실의 광경이 선명하게 보였다. 밀실의 중앙에 몇 명의 여인이 의식을 잃고 쓰러져 있었지만, 화은설과 도소연의 모습은 보이지 않았다.

"아!"

기무결이 눈빛을 반짝였다.

문득 바닥에 화은설이 얼마 전에 새로 산 장신구 하나가 떨어져 있는 것을 발견했다.

대충 어떻게 된 일인지 알 수 있을 것 같았다.

여기 있는 여인들은 요 며칠 사이에 납치된 여인들일 것이다. 그리고 오늘 납치한 화은설과 도소연도 이곳에 놔두었을 것이다.

하지만 형소일이 관병을 데려오자 여인들을 황급히 다른 곳으로 옮기려 한 것 같았다.

"그렇다면 여기 말고 다른 곳이 또 있다는 소리로군."

화은설과 도소연의 모습이 보이지 않는 것을 보면 일단 그녀들부터 옮겨놓은 것이리라.

기무결은 이곳 어딘가에 지하로 내려가는 통로가 있을 것이라고 생각했다. 그는 안 봐도 눈에 그려졌다. 길게 연결된 지하 통로는 틀림없이 장원 밖으로 연결되어 있을 것이고, 그 통로를 이용하면 누구의 이목에도 걸리지 않고 무사히 장원을 빠져나갈 수 있었다.

기무결이 막 지하 통로를 찾으려고 할 때였다.

갑자기 등 뒤에서 서늘한 기운이 느껴지는 것이 아닌가?

기무결이 앞뒤 생각하지 않고 재빨리 바닥을 굴렀다.

찌익!

옷자락이 찢어지는 소리와 함께 차가운 검기가 허공을 갈랐다.

문 앞에는 음침하게 생긴 대머리 노인이 서 있었는데, 가만히 서 있기만 하는데도 전신에서 엄청난 기도가 뿜어져 나오고 있었다.

"그걸 피하다니. 어린놈이 제법이로구나!"

대머리 노인의 주름진 얼굴에 놀란 기색이 역력했다.

기무결이 먼지를 털며 자리에서 일어섰다.

"기도를 보아하니 늙탱이가 이곳의 책임자인 모양이군."

"느, 늙탱이?"

"늙탱이도 많이 생각해 준 거야, 인마! 인신매매나 일삼는 놈은 인간으로 생각해 본 적이 없거든."

"이, 인마?"

대머리 노인의 얼굴이 심하게 일그러졌다.

"좋은 말로 할 때 이 장신구를 단 여인을 내놓아라."

"푸하하!"

대머리 노인이 어이없는 표정으로 웃었다.

"여길 찾은 걸 보면 네놈의 능력이 대단하다는 것을 인정해 주마. 하지만, 거기까지다."

화은설의 미모는 밀실에 의식을 잃고 쓰러져 있는 여인들과는 비교 자체가 되지 않았다.

어디 이곳에 있는 여인들뿐이랴.

대머리 노인 평생 처음 보는 엄청난 미녀였다.

아마 천하제일미녀라 해도 손색이 없을 정도였다.

그건 곧 돈이 된다는 뜻이었다.

그것도 상상을 초월하는 엄청난 돈이었다.

"네놈은 어디서 나왔느냐? 황실이냐 아니면 무림맹이냐? 밀실까지 찾아낸 것을 보면 보통 유능한 인재는 아닌 것 같은데……"

"유능은 개뿔! 그냥 마부다!"

"미친놈! 그런 말도 안 되는 소리로 정체를 숨기면 누가 믿을 것 같으냐?"

바보가 아닌 이상 기무결의 말을 액면 그대로 믿을 사람은 아무도 없었다. 오히려 황실의 요원 아니면 무림맹에서 나온 고수라는 확신이 더욱 굳어졌다.

그는 천하에서 자신들의 수법을 간파할 사람은 거의 존재하지 않는다고 믿고 있었다. 지난 십여 년 동안 천하를 떠돌아다니며 여인들을 납치하고 인신매매를 하고 있었지만, 철저하게 신분을 세탁하고 민심을 얻는 방법으로 황실과 무림맹의 이목을 완전히 속여왔기 때문이었다. 하물며 마부 따위는 두말할 나위도 없었다.

"애송이놈, 하나만 묻자! 누구도 알지 못한 우리의 정체를 어찌 알아챘느냐?"

"쯧쯧, 네놈들이 사용한 수법이 뭐가 그리 대단한 것이라고. 사람들에게 물어보니 이곳에 온 지 이 년밖에 안 된다고 하더군. 한데 단시간 안에 많은 백성에게 존경을 받고 있다면 뭔가 구린 구석이 있다는 소리지. 그런 놈들은 대부분 음흉한 놈들이고. 더구나 과부와 고아를 돕는다고 할 때, 바로 신분세탁이 떠오르더군."

"그렇군."

대머리 노인이 가볍게 고개를 끄덕였지만, 속으로는 소스라치게 놀랐다.

가공할 만한 추리력이었다.

이놈, 온갖 범죄에 정통한 자가 틀림없었다.

이런 식의 추리는 황실의 요원이나 무림맹의 고수들에겐 불가능한 일이었다.

그도 그럴 것이 황실과 무림맹은 모두 똑똑하고 능력 있는 사람들로 넘쳐나지만, 항상 정해진 틀에서 생각한다는 점에서 고루하기 짝이 없었다.

범죄를 간파하려면 범죄자의 입장에서 생각해야 하는 법!

그러지 않고는 갈수록 치밀해지고 교활해지는 범죄 수법을 따라가기 어려웠다. 그런 면에서 그들은 황실이나 무림맹을 두려워하지 않았다.

하나 기무결은 달랐다. 이런 자가 황실이나 무림맹의 고수라면 범죄자들에겐 그야말로 최악의 천적이 될 수밖에 없었다.

"이상한 일이군. 너 같은 놈이 어찌 황실이나 무림맹에 있을 수 있는 것이냐?"

대머리 노인이 고개를 갸웃거렸다. 아무리 봐도 기무결은 자신과 비슷한 부류였다.

"쯧쯧, 마부라고 해도 도통 믿지를 않는군."

"끝까지 노부를 우롱하겠다는 것이냐? 네놈의 소속이 어느 곳이라도 상관없다. 어차피 네놈이 죽는 건 매한가지니까."

조만간 이곳을 정리할 생각이었다. 이젠 쓸 만한 여자도 별로 없거니와 꼬리가 길면 잡힌다고 했다. 거듭된 여인들의 실종에 황실과 무림맹에서 서서히 수사망을 좁혀오고 있었다.

그래서였다.

대머리 노인이 별다른 의심 없이 기무결을 황실이나 무림맹의 고수로 착각한 것도 무리가 아니었다.

"흐흐, 네놈의 지적은 탁월했다. 대신 고통 없이 일검에 죽여주마!"

쇄애액!

대머리 노인이 득달같이 달려들었다.

그와 동시에 기무결의 가슴을 노리고 검을 휘둘렀다.

## 四

노인의 쾌검은 실로 대단했다.

그는 사십 년 전 쾌검으로 태산 일대를 주름잡은 전대마두였다.

쐐애액!

바람도 없는데 비단폭이 찢어지는 소리가 들려왔다.

빨라도 너무 빨랐다.

어깨가 흔들렸다고 느낀 순간 어느새 노인의 검이 코앞까지 다가와 있었던 것이다.

기무결은 대머리 노인과 대화를 하는 동시에 마음속으로 만반의 준비를 하고 있었다.

하지만 상황이 좋지 않았다.

지금 상황에선 풍형과 운형도 무용지물이었다. 밀실에는 바람 한 점 없었다.

일단계의 살인기예들은 암살과 저격에 특화된 것들로 정면으로 싸우는 것이 아니었다.

그러고 보니 암기로 쓸 만한 것들도 가지고 있지 않았다. 그나마 다행이라면 노인의 움직임이 어렴풋이 보인다는 것이었다.

기무결이 몸을 옆으로 날려 노인의 쾌검을 피했다.

찌익!

소맷자락이 길게 찢어져 나갔다. 손목에 가느다란 혈흔이 생겼다. 피한다고 몸을 날렸는데 벌써 노인의 쾌검이 들이닥쳤던 것이다.

'창문을 열어야 한다.'

기무결이 휘장이 있는 곳으로 몸을 날렸다. 대머리 노인은 기무결이 창문 쪽으로 향하자 밖으로 도망치려 한다고 생각했다.

"흥! 네놈이 빠져나갈 수 있을 것 같으냐?"

그가 검기를 날려 미리 길목을 차단했다.

기무결은 창문 가까이 다가가지 못하고 바닥을 굴러 멀찍이 피해야 했다.

하지만 바로 그때였다.

쨍그랑!

검기에 휘장이 찢어지고 창문이 와장창 깨졌다.

어느 틈에 대머리 노인이 창문 앞을 가로막고 있었다. 그는 기무결의 계획을 꺾어놓았다며 회심의 미소를 짓고 있었다.

"흐흐, 꼬라지를 보아하니 혼자라도 살겠다고 창문으로 달려든 것 같은데, 이거 애석해서 어쩌느냐?"

기무결이 천천히 자리에서 일어섰다. 그의 몰골은 지금 말이 아니었다. 비싸게 주고 산 장삼은 찢어진 지 오래였고, 머리와 얼굴은 먼지로 지저분하기 짝이 없었다.

누가 봐도 낭패한 모습이었다.

하지만, 기무결이 갑자기 씩 웃었다.

휘류룽!

한줄기 바람이 깨진 창문을 통해 밀실 안으로 들어오고 있었다.

휘장이 바람에 날려 펄럭거렸다.

"늙탱이! 이제부터 각오하는 게 좋을 것이다."

"무슨 헛소리냐?"

"뒈졌다고 복창하라는 뜻이다, 씨뱅아!"

기무결이 대머리 노인을 향해 뛰어들었다.

"미친놈! 이젠 도망치는 것도 힘든 모양이로구나!"

대머리 노인은 기가 막혀 웃음이 나올 지경이었다.

이건 아예 죽여달라고 용을 쓰는 것이나 다를 바 없었다.

대머리 노인은 검을 쥔 손에 자신의 모든 힘을 담았다. 그리고는 일도필살의 기세로 기무결의 가슴을 찔러갔다.

"헉?"

대머리 노인이 헛바람을 토해냈다.

기무결이 그의 눈앞에서 갑자기 사라져 버렸던 것이다. 두 눈으로 보고도 도저히 믿기지 않는 광경이었다.

"이, 이런 말도 안 되는……."

놀랍고 당황한 것도 잠시!

대머리 노인은 재빨리 주위를 둘러보았다.

하지만 기무결의 모습은 어디에도 보이지 않았다.

"이, 이놈이 갑자기 어디로 사라졌단 말이냐?"

바로 그때였다.

기무결이 하늘에서 뚝 떨어진 사람처럼 그의 눈앞에 서 있는 것이 아닌가?

"으헉?"

대머리 노인은 그야말로 혼비백산할 지경이었다.

공간 이동이라도 하는 것일까?

대머리 노인이 기겁을 하고 뒤로 도망치려는 순간이었다.

퍽!

다짜고짜 기무결이 주먹을 휘둘러 대머리 노인의 얼굴을 후려갈겼다.

"크으윽!"

대머리 노인의 얼굴이 옆으로 홱 돌아가고 몸이 휘청거렸다.

피가 튀고 뼈가 으스러졌다.

기무결은 풍형의 위력에 혀를 내두를 지경이었다. 천무은형잠종대법이 다시 한 번 세상에 재림하는 순간이었다.

하나, 썩어도 준치는 준치였다.

"으으, 이놈! 죽여 버리겠다."

대머리 노인이 엄청난 고통 속에서도 재빨리 중심을 잡고 무서운 기세로 기무결이 있던 곳으로 검을 휘둘렀다.

"응?"

또다시 기무결의 모습이 보이지 않았다.

"으으, 또… 사라졌다."

퍽!

그의 왼쪽 옆구리에 격렬한 고통이 밀려왔다. 숨이 멎을 듯
한 고통과 함께 그의 허리가 반으로 접혀졌다. 기무결이 손으
로 대머리 노인의 머리를 잡고 그의 머리를 밑으로 내림과 동
시에 자신의 무릎으로 얼굴을 찍었다.

퍼퍽!

"크어어억!"

대머리 노인의 신형이 포물선을 그리며 창문 밖으로 날아
갔다.

수십 년 동안 악행을 일삼아온 대머리 노인의 삶은 그렇게
너무도 덧없이 막을 내리고 말았다.

第十三章

천무은형자종대법의 재림

이미 한 번 흥이 깨진 연회는 다시 되돌리기 어려웠다. 사람들은 연회장으로 돌아왔지만 하나둘 자리를 떠나려 했다.

사람들이 송태윤에게 작별을 고하고 떠나려던 순간이었다. 수하 중 한 명이 대머리 노인이 죽어 있는 걸 발견하고는 송태윤에게 알렸다.

"마, 맞아 죽었단 말이냐?"

"얼굴이 크게 함몰되고 으스러져서 도저히 형체를 알 수 없을 정도였습니다."

"말도 안 되는 소리!"

원래 대머리 노인은 사십 년 전 악명 높았던 전대마두였다.

그는 사람 죽이기를 파리 목숨 여기는 것은 물론이고 수많은 유부녀를 겁간하고 여인들의 정기를 갈취해 공력을 높여서 천하의 공분을 샀다.

하나 누구도 쉽게 그에게 복수하려 드는 자가 없었다. 그건 대머리 노인이 일류고수였기 때문이었다.

"누군가 우리의 정체를 알았구나!"

"아무래도 그런 것 같습니다."

밀실이 드러난 것은 자신들의 정체가 들통 났다는 뜻이었다.

지금까지는 이런 경우가 생기면 반드시 후환을 제거해 왔었다.

하지만 문제는 상대가 고수라는 점이었다. 대머리 노인조차 적수가 되지 못한다면 그들도 이길 가능성이 그리 높지 않다는 것을 누구보다 잘 알고 있었다.

하나 싸움은 반드시 힘으로만 하는 것이 아니었다. 그에게는 그 어떤 것보다 훌륭한 방패가 기다리고 있었다.

송태윤이 수하들에게 눈짓을 보냈다.

수하들이 고개를 끄덕이고 문을 걸어 잠갔다.

"흐흐, 그대들은 아무도 나갈 수 없소이다."

"그게 무슨 말이오, 장주?"

"흐흐, 모두 내 인질이 되어줘야겠다는 소리요."

그들의 정체가 드러난 이상 계속 손님들에게 예를 갖출 필요가 없었다. 오히려 송태윤은 손님들을 인질로 삼고 기무결

을 협박할 생각이었다. 그렇다고 손님들 역시 살려둘 생각은
없었다. 어차피 조만간에 이곳을 떠날 생각이었는데, 차라리
잘됐다는 생각마저 들었다.

손님들은 처음에는 송태윤이 장난하는 줄 알고 껄껄 웃기까
지 했었다. 그러다 송태윤의 지시로 수하들이 몇 명을 죽이고
나서야 결코 장난이 아니라는 것을 깨닫고 비명을 내질렀다.

"자, 장주! 도대체 왜 이러는 겁니까?"

"닥치지 못해? 지금부터 한마디라도 지껄이는 자는 모두
목을 날려 버리겠다."

송태윤이 무서운 표정으로 으르렁거렸다. 그는 더 이상 손
님들이 알고 있던 사람 좋은 송태윤이 아니었다.

손님들은 겁에 질려 찍소리도 하지 못했다.

연회장은 그렇게 공포와 전율의 바다로 돌변했다.

二

"당장 항복하라."

밀실 앞에는 일대 혼란이 벌어졌다.

송태윤이 인질을 끌고 와서 협박을 시작했던 것이다.

"셋을 셀 때까지 모습을 드러내라. 그러지 않으면 인질을
한 사람씩 죽여 버릴 것이다."

그것을 증명이라도 하듯 수하 몇 명이 인질들을 앞으로 끌

고 나왔다. 그리고는 검을 뽑아 들고 인질들의 목에 들이 밀었다.

연회장의 손님들은 공포에 떨고 있었다.

여인들은 울고 있었고, 두려움에 오줌을 지리는 사람들도 있었다.

"하나! 둘!"

송태윤이 막 셋을 세려는 순간이었다.

어디선가 암기 하나가 날아와 수하 한 명의 뒷목에 꽂혔다. 바로 인질에게 검을 들이밀고 있던 자 중 한 명이었다.

"크아악!"

피가 튀고 처절한 비명이 하늘 위로 울려 퍼졌다.

송태윤은 화가 나서 눈이 뒤집어질 지경이었다.

"으으, 네놈은 인질들이 죽어도 상관이 없다는……. 크아악!"

말이 채 끝나기도 전에 세 명의 수하 얼굴에 암기가 꽂혔다. 이번에도 피가 튀고 비명이 터져 나왔다.

그때, 어디에선가 기무결의 목소리가 어둠을 깨고 들려왔다.

"협상이나 타협 따위는 없다."

"으으, 뭐라고 지껄이는 것이냐?"

"지금부터 셋을 세겠다. 인질을 풀어주지 않으면 네놈들이 차례로 죽어나가는 모습을 보게 될 것이다."

이미 그 능력은 네 명의 수하를 죽인 것으로 충분했다.

사실 기무결은 밀실의 유리창이 깨지고 대머리 노인이 창밖으로 튕겨져 나갈 때부터 송태윤이 인질을 앞세워 달려올 줄 어느 정도 예상하고 있었다.

그는 주변에 숨어 나뭇가지들과 돌멩이들을 주워 모았다.

천무은형잠종대법은 상대를 암습하기 위해 특화된 무공이었다. 대머리 노인과 싸울 때는 천무은형잠종대법의 능력을 십분 활용하지 못한 면이 있었지만, 지금 기무결은 주변에 은신한 채 적들을 암습하기 가장 좋은 위치를 선점한 상태였다.

기무결은 인질 몇 명이 죽든 그가 알 바 아니었다.

하지만, 인질이 죽는 일 따위는 벌어지지 않을 것이었다. 천무은형잠종대법의 암습과 저격 능력은 상상을 초월할 정도였다.

"하나! 둘!"

기무결은 송태윤이 했던 방식 그대로 따라했다.

송태윤의 얼굴은 소태를 씹은 듯 심하게 일그러졌다. 인질을 삼고 있는데도 불구하고 오히려 조롱을 당하고 있는 상황에 웃음조차 나오지 않았다.

"으으, 네놈이 본때를 봐야 사태의 심각성을 깨달을 것 같구나!"

송태윤은 이판사판이었다. 그는 인질을 앞으로 끌고 나와 검을 들이민 수하들에게 눈짓으로 신호를 보냈다. 당장 죽이라는 뜻이었다.

처음에는 아홉 명이었지만, 네 명이 죽은 지금 다섯 명밖에 남지 않았다.

그들 다섯 명은 팔이 미미하게 떨리고 있었다. 눈앞에서 네 명이 죽어나갔으니 두렵지 않으면 사람이 아니었다.

하지만, 이내 결연한 표정을 짓고 검에 힘을 주었다. 그렇게 다섯 명의 인질 목에 구멍이 뚫리려는 순간이었다.

쇄애액!

날카로운 파공성이 일며 어두운 하늘에 다섯 개의 섬광이 일었다. 그와 동시에 검을 움직여 가던 다섯 명 수하의 이마에 퍽 하고 박혀 들었다.

"컥!"

"케에엑!"

이마에 동전만 한 구멍이 뚫렸다.

그 속에서 피가 분수처럼 솟구려 올랐고, 처절한 비명과 동시에 다섯 명의 수하가 약속이나 한 듯 뒤로 벌러덩 자빠지고 말았다.

백발백중이었다.

기무결은 정확히 다섯 개의 돌멩이를 던졌고, 암기는 한 치의 오차도 없이 다섯 명의 이마에 적중했던 것이다.

송태윤은 기가 질려 아무 말도 하지 못했다. 눈앞에 인질들이 부들부들 떨고 있었지만, 더 이상 협박할 엄두가 나지 않

왔다. 이쯤 되면 누가 인질을 잡고 누가 협박을 하는지 알 수
가 없었다.

"이, 인질을 풀어주겠다."

마침내 송태윤이 기무결 앞에 무릎을 꿇었다. 아직 기무결
이 셋을 세지 않았으니 살 수 있는 기회가 남아 있었다.

기무결이 어둠 속에서 천천히 걸어 나왔다.

"처음부터 타협은 없다고 했다."

"으으, 하지만, 방금 숫자를 둘밖에 세지 않았느냐?"

"셋은 이미 속으로 센 지 오래다."

"이런 미친!"

순간 송태윤이 여인의 머리채를 잡아끌고 검을 들이 밀었
다.

"네놈 때문에 이 계집이 죽는 것이다."

그가 검을 내려치려는 순간이었다.

기무결이 손가락에 걸고 있던 나뭇가지를 그의 팔을 향해
던졌다.

"컥!"

송태윤이 비명을 질렀다.

나뭇가지는 정확히 손목을 관통했고, 그 충격으로 검을 놓
치고 말았다.

기무결이 바닥을 박차고 적들을 향해 뛰어들었다.

순간 그의 몸이 허공에서 사라졌다.

"사, 사라졌다."

적들이 아연실색한 표정으로 주변을 둘러볼 때였다.

기무결이 어느 틈엔가 수하의 바로 앞에 나타났다.

"헉?"

수하의 두 눈이 귀신을 본 것 마냥 크게 치떠지는 순간이었다.

기무결의 주먹이 수하의 얼굴을 짓이겨 버렸다.

퍽! 퍼퍽!

"크아악!"

순식간에 세 대의 주먹이 작렬했고, 수하의 얼굴은 형체도 알아보기 힘들 정도로 으스러진 채 바닥에 널브러지고 말았다.

그야말로 눈 깜짝할 사이였다.

송태윤이 정신을 차리고 났을 때는 이미 모든 것이 끝나고 난 뒤였다. 그는 뒤늦게 검을 뻗어 기무결의 뒤통수를 찔러갔다.

"응?"

방금까지만 해도 바로 눈앞에 있었던 기무결의 모습이 보이지 않았다.

"으으, 또… 사라졌다."

이젠 혼백이 달아날 지경이었다.

인간이 아닌 것 같았다. 아니, 도깨비가 틀림없었다. 그렇지 않고서야 어찌 몸을 자유자재로 숨겼다가 나타냈다 할 수 있단 말인가?

그때 기무결이 득달같이 나타나 송태윤의 목을 움켜잡고 하늘 높이 들어 올렸다. 송태윤은 온몸의 힘이 빠져나갔다.

三

과연 밀실에는 지하 통로로 내려가는 계단이 있었다.

지하 통로는 예상했던 것처럼 장원 밖으로 연결되어 있었고, 바닥에는 마차 바퀴 자국이 길게 펼쳐져 있었다.

기무결은 바퀴 자국을 따라갔다. 마차의 방향은 바로 앞쪽에 있는 산으로 이어져 있었다. 마을과는 반대되는 방향이었다. 기무결은 뭔가 촉이 왔지만, 일단 바퀴 자국을 따라갔다.

산 중턱에 이르자 삼십여 가구가 모여 사는 화전민 마을이 나타났다. 얼핏 봐도 소박하고 평화로운 곳이었다. 산을 개간하고 농사를 짓고. 이런 모습은 중원 어디에서나 흔한 광경이었다.

기무결도 아마 마차의 바퀴가 이곳에 멈춰 선 것을 보지 못했다면 평범한 화전민 마을이라 생각했을 것이었다.

'암거래 시장이군.'

그는 화전민 마을에서 조금 떨어진 봉우리에서 마을을 내려다보고 있었다. 마을 입구에 마차 한 대가 세워져 있었다.

대개 암거래 시장은 두 가지 유형으로 나뉘어지는데 하나는 마을 중심지에 떡하니 자리를 잡고 고객을 유치하는 경우가 있고, 산속에나 토지묘 같이 인적이 잘 미치지 않는 곳에 자리를 잡고 사는 경우가 있었다.

기무결이 아무리 위조에 능하고 암거래 시장과 거래를 많이 했다고 해도 중개인의 소개가 없이는 쉽게 알아보기 어렵다.

"그렇다면 결국 송가장이 중개인이란 소리군."

특이한 경우였다.

인신매매단을 운영하면서 중개인 역할을 하는 건 처음 겪는 일이었다.

아무래도 좋았다.

중요한 건 화은설이 화전민 마을 안에 있다는 것이었다.

그렇다고 섣불리 마을 안으로 들어가지 않았다. 암거래 시장은 단순한 상인들이 아니었다. 그들 중에는 무공을 익힌 자도 있었다. 게다가 화탄과 무서운 암기도 많아서 잘못 들어갔다가는 뼈도 못 추리기 십상이었다.

하지만, 지금 기무결이 걱정하는 건 왠지 저 마을은 일반적인 암거래 시장 같지 않다는 것이었다. 납치한 여인들을 암거래 시장으로 데려갈 리 없기 때문이었다.

조심해서 나쁠 건 없다.

어쩌면 인신매매단과 관련이 있을 수도 있고, 아닐 수도 있었다.


화전민 마을에 달빛이 드리웠다.

삼경이 훨씬 넘은 시각이라 모두 잠이 들어야 정상이지만, 갑자기 환하게 등불이 켜지며 화전민 마을이 분주하게 변했다.

"그래서 지금 이 야밤에 왔단 말이오?"

"형소일이라는 자가 관군을 데려오는 바람에 어쩔 수 없었소."

몇 명의 사내가 마차로 다가갔다.

마차 안에는 두 명의 여인이 의식을 잃고 쓰러져 있었는데, 바로 화은설과 도소연이었다.

문득 눈매가 날카로운 사십 대 사내가 화은설을 내려다보며 말했다.

"혈상, 이 계집이 화은설이오?"

말투가 어눌한 것이 중원의 사내가 아니었다.

그는 마차에 쓰러진 두 명의 여인 중에서 바로 화은설을 알아볼 수 있었다. 그 미모가 소문으로 듣던 것처럼 선녀를 보듯 엄청났기 때문이었다.

"그렇네, 부막주! 화은설이 제 발로 송가장에 들어와서 별힘 들이지 않고 잡을 수 있었지."

혈상은 중원 최고의 수수께끼 같은 인물이었다.

그는 살수들의 대부로 알려져 있었지만, 나이가 어떻고 생김새는 어떠한지, 심지어 여자인지 남자인지조차 알려지지 않았다.

그는 최고의 살수 집단들과 연합해서 청부를 받고 있었다.

처음부터 쉬웠던 것은 아니었다.

혈상은 위조문서계와도 연결이 되어 있었기 때문에 살수들의 신분 세탁은 물론이고 백성들 틈에 섞여서 평범하게 살 수 있도록 신경 써주기도 했다.

아무튼, 그런 덕분에 그들은 살행을 하고도 무림과 황실에 쫓기는 일이 없어졌다. 그렇게 살수 집단들이 하나둘 그에게 모여들어 지금은 그 누구보다 막강한 세력을 만들 수 있었다.

특히 동영의 인자들은 혈상의 도움이 절실했다. 그들은 중원에 뿌리를 내리고 완전히 자리를 잡았으면서도 무림에는 그 존재가 전혀 알려지지 않은 상태였다. 그저 살수들의 세계에서만이 알음알음 알려졌을 뿐이었다.

"한데, 부막주! 화은설을 보자마자 죽이라는 청부가 들어왔는데, 이렇게 살려둬도 되는 것이오?"

"막주님의 뜻이오. 그 늙은이들이 무슨 꿍꿍이로 화은설을 죽이려고 하는지 이유를 알고 난 다음 죽여도 죽일 생각이시오."

"으음. 만에 하나 문제가 생길 경우 보험을 들어두겠다는

속셈이로군. 하지만 그 늙은이들이 여간 무서운 게 아닌데, 뒤탈이 걱정되지 않겠소?'

일이 잘못되면 가장 먼저 중개인인 혈상부터 잘못될 것이었다.

"막주님께 연락을 넣었으니 곧 오실 것이오. 그때까지만 답답해도 잠깐 참아주시오."

"쯧쯧, 이건 누구도 몰라야 해. 특히 그 늙은이들에겐 말이네. 동영의 인자들이 오랜 고객이니 이번 한 번만 편의를 봐주는 것일세."

"늘 고맙게 생각하고 있소이다."

그랬다.

이곳은 동영의 인자들의 소굴이었다.

그들은 이번에도 화은설을 죽여달라는 청부를 받았지만, 곧장 시행하진 않았다.

일전에 문무서고까지 무사히 침투했다가 막판에 실패한 것 때문이었다.

동영의 인자들은 지금 청부자를 의심하고 있었다.

왠지 자작극 같은 느낌이 들었다. 그들은 지금까지 청부를 단 한 번도 실패한 적도 없었고, 일전에 화은설을 죽여달라고 청부한 사람은 다름 아닌 무림맹이었기 때문이었다.

그때, 벽사검법을 훔치러 문무서고에 침투했던 것이 아니었다. 목표는 화은설이었고, 만에 하나 실패할 것을 대비해 벽사검법을 들고 있었던 것이다.

"응?"

갑자기 부막주의 귀가 꿈틀거렸다. 아주 미세하지만, 주변 공기의 흐름이 달라졌다.

"누구냐?"

그가 재빨리 암기를 던졌다.

챙!

허공에서 불통이 튀며 부막주가 던진 암기가 허무하게 바닥으로 떨어져 내렸다.

그와 동시에 한 사내의 모습이 드러났다.

바로 기무결이었다.

기무결은 운형을 펼쳐 은밀하게 잠입하던 중이었지만, 아직 호흡이 완벽하지 못한 탓에 부막주의 이목에 걸렸던 것이다.

'놀라운 자로군.'

기무결은 적잖이 놀랐다.

겨우 부막주라는데 그 실력이 상상을 초월할 정도였다.

四

기무결은 오늘 여러 번 놀라고 있었다.

이곳이 동영의 인자들의 거점이었고, 그들은 무림맹의 누군가에게 청부를 받은 것 같았다.

'도대체 왜?'

화은설이 왕따를 당하고 있다는 건 알고 있지만, 그렇다고 동영의 인자들에게 청부를 하면서까지 죽이려고 하는 건 아니었다.

그렇게 보면 범인으로 의심할 자가 한두 명이 아니었다. 부막주와 혈상이 늙은이들이라고 했지만, 그것도 범위가 넓기는 매한가지였다.

그때, 부막주가 기무결을 쳐다보며 물었다.

"네놈은 누구냐?"

"저기 쓰러진 여인의 남편이다."

혈상이 기무결을 알아보고 소리쳤다.

"앗! 그러고 보니 네놈은……?"

그러다 말고 문득 흠칫 놀랐다. 기무결이 자신을 따라 이곳까지 왔다는 것을 직감했다.

"소, 송가장은 어찌 되었느냐?"

"후후! 정 궁금하면 지금이라도 염라대왕 앞으로 가보시든가."

"으으, 네놈이 감히?"

혈상의 주름진 얼굴이 파르르 떨렸다. 송가장은 그의 거점 중 하나였다. 송태윤은 그저 인신매매단의 얼굴마담인 셈이었다.

부막주는 눈살을 찌푸렸다. 화은설에게 남편이 있다는 말은 듣지 못했다. 그렇다고 화은설이 조원을 만든 것도 아니고 다른 조력자가 있다는 말도 들은 적이 없었다.

"네놈이 누구이든 상관없다. 이곳이 어디인지 알았다면 죽을 자리를 잘못 찾아왔다는 것도 깨달았을 것이다."

"어차피 죽을 목숨 한 가지만 알고 죽자. 누가 설 매를 죽이라고 청부했느냐?"

"홍, 곧 죽을 놈에게도 청부자의 신원은 지켜주는 것이 동영의 인자들의 철칙이다."

"그렇군. 그렇다면 직접 내 손으로 알아보는 수밖에."

"흐흐, 가소로운 놈이군. 어떻게 알아보겠다는 것이냐?"

부막주가 입가에 조소를 띠웠다.

그때 마을에 침입자가 나타난 것을 알고 주변에서 동영의 인자들이 하나둘씩 모여들기 시작했다. 그들의 손에는 각기 무기가 들려져 있었다.

기무결은 마음을 단단히 먹었다.

처음엔 운형을 써서 화은설만 은밀히 데리고 나가려고 했지만, 이젠 목숨을 걸지 않고는 불가능한 상황이었다.

상대는 동영의 인자들.

혈상이 최고의 살수로 인정한 이상 그들은 중원 최고의 살수였다.

"무력으로 알아낼 생각이다."

기무결의 열 손가락에는 어느새 여덟 개의 나뭇가지가 꽂혀 있었다.

그는 옆으로 몸을 날린 다음 양팔을 쭉 뻗어 여덟 개의 나뭇가지를 던졌다.

쐐애애액!

바람을 가르며 여덟 개의 암기가 빛살처럼 날아갔다.

"억?"

"이, 이건?"

여기저기서 경악성이 터져 나왔다.

여덟 개의 나뭇가지는 일고의 망설임도 없이 혈상과 부막주, 그리고 가장 앞에 서 있던 자들을 노리고 있었다.

이건 단순한 암기술이 아니었다.

암기는 빠른 속도와 작고 가느다란 크기로 육안으로 구분하기 어려운 점을 이용해 상대를 제압하는 것이 특징이다.

그에 반해 기무결의 암기 수법은 비도술에 가까웠다.

부막주와 혈상 등이 나뭇가지들을 막으려고 팔을 뻗어갈 때 방향을 살짝 틀어 그들의 안으로 파고들었던 것이다.

"컥!"

"크아악!"

여기저기서 비명이 터져 나왔다. 공력이 약한 자들은 미처 피하지 못하고 나뭇가지들이 온몸을 관통했던 것이다.

순식간에 여섯 명의 살수가 피를 토하고 쓰러졌다.

하지만 혈상과 부막주는 만만한 상대가 아니었다.

챙!

콰콰!

그들은 두 팔을 휘둘러 나뭇가지들을 저 멀리 튕겨냈다.

기무결은 재빨리 운형을 펼쳐 구름 속으로 몸을 숨겼다. 그리고 처음 잠입할 때보다 더 조심스럽게 그 곳을 빠져나왔다.

혈상과 부막주가 정신을 차렸을 때는 이미 기무결은 사라지고 난 뒤였다. 그들이 시선을 뗀 것은 극히 찰나에 불과했지만, 기무결은 어디에도 흔적이 보이지 않았다.

"멀리는 도망치지 못했다. 모두 흩어져서 놈을 찾아라."

부막주가 분노한 음성으로 수하들에게 명령했다.

그들은 중원 최고의 살수였다.

사람을 찾고 은신한 자를 감지하는 데는 타의 추종을 불허했다.


五


마을은 그리 넓지 않았지만, 그렇다고 삼십여 가구가 다닥다닥 붙어 있는 것도 아니었다. 동영의 인자들은 삼삼오오 짝을 이루어 움막과 주변 지형을 수색하기 시작했다.

움막 안에는 살수들의 부인과 아이들도 있었다. 그들 중에는 평범한 아낙도 있었지만, 같은 여자 살수들도 있었다.

"밤늦게 이게 무슨 일이에요?"

"누군가 우리 마을에 침입했소."

"죽으려고 환장을 했군요."

"이곳 어딘가에 숨어 있을 것이니… 컥!"

말이 채 끝나기도 전에 작은 돌멩이 하나가 날아들어 이마를 강타했다. 빛살보다 더 빠른 속도에 인자 한 명은 그 자리에 허물어지고 말았다.

"기습이다."

허물어진 인자와 짝을 이루고 주변을 수색하던 다른 인자들이 재빨리 주변으로 몸을 숨겼다.

그들의 외침을 듣고 혈상과 부막주가 한달음에 달려왔지만, 기무결은 운형으로 그곳을 빠져나온 뒤였다.

기무결은 철저히 각개격파를 하고 있었다.

중원 최고의 살수라는 동영의 인자들을 암습과 저격으로 한 명씩 제거해 나가고 있는 것이다.

기무결은 움막과 주변 지형을 철저히 이용했다. 거기에다 운형과 풍형을 적절히 펼쳐서 동영의 인자들과 살수의 무공으로 정면 대결을 벌이고 있었다.

혈상과 부막주도 바보가 아닌 이상 기무결이 어떤 수법을 전개하고 있다는 것을 깨달았다.

살수들이 황당하게도 암습과 저격을 당해 죽어가고 있었다. 그들은 누가 알까 창피해서 고개도 들 수 없는 일이었다.

"으으, 이 쥐새끼 같은 놈!"

혈상과 부막주가 이를 갈아붙였지만, 운형으로 철저히 몸을 숨긴 기무결의 흔적을 찾는 건 거의 불가능한 일이었다.

오래지 않아 반대쪽에서 또다시 누군가의 비명이 터져 나왔다.

"암습이다."

이번에도 외침이 들려왔다.

혈상과 부막주가 외침에 달려갔지만, 기무결의 행방은 찾지 못했다. 대신 가슴에 나뭇가지가 관통한 채 즉사한 수하의 모습만이 바닥에 널브러져 있었다.

혈상과 부막주의 얼굴은 딱딱하게 굳어졌다. 생각보다 심각하다는 것을 드디어 깨달은 것이다. 놈은 살수보다 더 살수 같은 자였다.

이렇게까지 암습과 저격이 성공할 수 있는 건 살수들의 행동을 꿰뚫고 미리 자리를 잡고 선수를 치지 않고는 불가능한 일이었다.

아무리 그래도 이렇게 신법이 표홀한 자는 처음이었다. 온몸의 감각을 모두 열어보았지만, 도무지 기무결의 흔적을 찾을 수가 없었다. 움막과 주변 지형을 살펴봐도 기무결은 찾을 수 없었고, 오히려 시간이 지날수록 죽는 자가 속출했다.

이제 대응 방법은 딱 한 가지였다.

기무결은 어둠 속에 숨어 있고 그들은 밝은 곳에 나와 있으니 더 이상의 수색은 무의미했다. 그건 곧 모두가 몸을 숨겨야 한다는 소리.

그러기에는 자존심이 상했다.

상대는 고작 한 명에 불과했고, 이곳은 그들의 안마당이었다. 더구나 동영에서 건너와 중원 최고의 살수가 되기까지 얼마나 고생을 했던가? 한데 겨우 한 명을 두려워해서 어둠 속에 꽁꽁 숨었다면 천하가 비웃고도 남을 일이었다.

"반드시 죽인다."

자존심에서 시작한 일이었다.

하지만 그것이 그들의 최후가 될 줄은 꿈에도 생각하지 못했다.

한편, 어둠 속에서 믿지 못할 시선으로 격전이 벌어지고 있는 마을을 바라보는 사람이 있었다.

"마, 말도 안 돼! 기… 무결은 하인이잖아."

불신이 가득한 표정으로 중얼거리는 사람은 다름 아닌 화은설이었다.

그녀가 의식을 차린 건 기무결이 잠입을 시도하다 발각된 직후였다.

하지만 그때에는 아무런 말도 꺼낼 수 없었다. 그녀는 여전히 미약에 취해 정신이 몽롱한 상태였고, 손가락 하나 까딱할 수 없어서 멍하니 누워만 있었다.

사실 처음에는 모든 게 꿈인 줄 알았다. 그것도 지독한 악

몽이라 생각했다.

하나 자신이 납치되었다는 것도, 그리고 기무결이 자신을 구하기 위해 동영의 인자들의 거처에 왔다는 것도 뒤늦게 깨달았다.

그녀는 기무결의 무모한 행동에 고마움을 느끼면서도 단 한 칼에 죽을 거라 생각했다.

일개 하인이 중원 최고의 살수인 동영의 인자들 손에서 버틸 수 있을 리 없었다.

하지만, 이게 웬걸?

기무결이 죽기는커녕 화전민 마을에 비상이 걸렸다.

여기저기서 다급한 비명이 들리고 온갖 저주와 욕설이 터져 나왔다.

"기, 기무결이 살수들에게 암습과 저격을 펼쳐서 각개격파를 하고 있단 말이야?"

대충 돌아가는 상황이 그런 것 같았다.

그녀는 자신의 눈앞에서 벌어진 일이 믿어지지 않았다.

"도, 도대체… 네 정체가 뭐야?"

第十四章

붕괴된 인자들의 거점

一

휘잉!

한줄기 미풍이 살랑이듯 숲 속을 훑고 지나갔다.

그 바람은 이내 화전민 마을에도 스쳐 지났다.

막주가 화전민 마을에 도착한 것은 동이 트기 전의 미명 무렵이었다.

그의 신형은 마을에 들어서기도 전에 우뚝 멈춰 섰다. 마을은 전쟁을 치른 듯 쑥대밭으로 변해 있었다.

"으으, 이게 어떻게……."

그는 모종의 일로 며칠 동안 출타하고 지금 돌아오는 길이었다.

한데, 그 며칠 사이에 그의 기반이 완전히 사라진 것이다. 그의 입에서 야수의 그것과도 같은 절규가 흘러나왔다.

"으아악!"

그나마 아낙들과 아이들은 멀쩡히 살아 있었다.

여인 중에서도 살수들은 기무결에게 덤벼들었다가 속절없이 죽었지만.

검을 쓸 수 있는 자 중에 살아남은 자는 한 명도 없었다. 기무결은 증거를 인멸하는 차원에서라도 아낙들과 아이들을 제거해야 했지만, 그건 짐승이나 하는 짓. 그는 차마 무공을 익히지 않은 힘없는 사람들까지 죽일 수는 없었다.

"누구냐? 누가 감히 이런 짓을 벌였느냐?

막주는 살아남은 아낙들과 아이들에게 물었다. 아낙들과 아이들이 알고 있는 건 그리 많지 않았다. 혈상이 밤늦게 화은설을 데려왔고, 곧이어 화은설을 찾으러 누군가 왔다는 것이 전부였다.

해가 뜨고 상쾌한 바람이 불어오고 있었다.

관아는 비상 경계령이 내려진 상태였다.

관병들은 사건을 처리하느라 정신이 없었다. 진술을 받고 시신을 수습하고 경위서를 쓰다 보니 어느새 날이 밝아왔다.

"지난밤에는 정말 저희가 잘못했습니다."

"좀 더 꼼꼼하게 확인을 했어야 하는데… 입이 열 개라도 드릴 말씀이 없습니다."

관병들이 형소일에게 몇 번이고 고개를 숙이고 사과했다. 바로 형소일을 따라 송가장에 갔었던 관병들이었다.

관아는 인신매매단과 동영의 살수로 인해 벌집을 쑤신 듯 분주하게 움직이고 있었다. 특히, 형소일을 따라 송가장에 갔었던 관병들은 입이 열 개라도 할 말이 없는 상황이었다.

"아닙니다, 이렇게 연 매를 다시 찾은 것으로 소생은 만족합니다."

형소일의 옆에는 어느새 정신을 회복한 도소연이 미소를 지으며 서 있었다. 위기를 겪고 난 두 부부의 모습은 더욱 애틋하게 변해 있었다.

二

―송가장이 인신매매단의 소굴이었다.

―송태윤이 과부와 고아를 도운 건 신분을 세탁하기 위해서였고, 그가 두 달에 한 번씩 연회를 베푼 것은 납치할 여인을 물색하기 위해서였다.

소문은 아침이 되기도 전에 동호 일대로 퍼져 나갔다.

마을 사람들은 경악을 금치 못했다. 송태윤은 평소 불쌍한 사람들을 돕고 백성들 사이에서 존경을 받던 인물이었기에 그 충격이 몇 배는 더 컸다. 특히 인신매매라고 하면 은밀하게 숨어서 범행을 계획하는 줄 알았는데, 이렇게 마을 한복판에 살면서 납치를 할 줄은 꿈에도 생각하지 못한 일이었다.

송가장 앞에는 이른 아침부터 소문을 듣고 찾아온 사람들로 북적거렸다. 관병들이 통제를 하고 있었지만 성난 민심은 좀처럼 가라앉을 줄 몰랐다. 백성들은 송가장을 향해 욕설을 하는가 하면 돌을 던지기도 했고, 침을 뱉으며 성토하기도 했다.

"에잇, 찢어 죽일 놈 같으니! 마을에 인신매매단이 떡하니 자리 잡고 살고 있었다는 생각을 하면 소름이 돋는군그래."

"저런 파렴치한 작자를 인신매매범인 줄도 모르고 입에 침이 마르도록 칭찬을 했었으니, 원."

"쯧쯧, 이래서 열 길 물속은 알아도 한 길 사람 속은 모른다고 하는 게야!"

"그동안 실종된 여인들 모두 송가 놈의 소행이겠지?"

"그야 여부가 있겠나? 생각해 보면 그 작자가 오고 난 이후부터 여인들이 실종되었는데 왜 그걸 모르고 있었는지 이해할 수가 없다니까."

"들리는 소문에는 이번엔 연회 도중에 여인을 두 명이나 납치했다고 하더군."

"맙소사! 그게 정말인가?"

"그렇다니까. 멀쩡한 부인을 외간 남자와 도주한 몹쓸 년으로 만들고 남편을 조롱까지 했다더군."

"세상에! 듣기만 해도 내가 다 치가 떨리는군그래!"

"그나저나 송가 놈과 그 일당은 모두 어찌 되었는지 아는가? 듣기로는 송가장에 식솔이 꽤 많다고 하던데 혹시 도망친 것은 아니겠지?"

"이거 괜히 해코지를 당하지는 않을지 은근히 걱정이 되는군!"

"흐흐, 그건 걱정하지 말게. 관아에서 일하는 친구에게 우연히 들은 얘기인데, 송가는 물론이고 인신매매범들은 죄다 죽은 모양이네."

"껄껄! 그거 듣기만 해도 통쾌한 소식이군."

"한데, 관아도 해결하지 못한 일인데, 누가 그 많은 인신매매범을 죽였단 말인가?"

"무림맹에서 나온 여고수라고만 하더군. 이름이… 화은설이라고 했었나?"

三

두두두!

한동안 조용하던 천무서원이 때아닌 마차 행렬로 북적거렸다. 때아닌 행렬이 낯설었다. 원래 예정되었던 시간보다 며칠 앞당겨진 소환이었다.

"어? 자네 조도 들어왔나?"

"우리 조만 들어온 게 아닐세. 아까 보니까 다른 조도 있는 것 같더군!"

"그럼 혹시 모든 원생이 다 들어온 건가?"

"왠지 그런 것 같네. 한데 시간이 며칠 정도 남아 있는데 왜 갑자기 불러들인 거지?"

원생들은 한 달이 넘어서야 만나는 것이었다. 평소였다면 당연히 안부 인사가 먼저였겠지만, 지금은 그럴 생각조차 하지 못했다.

"설마 동영의 인자에 대해 알아낸 조가 있는 걸까?"

"끙! 그것만은 아니길 바랐는데⋯⋯."

원생들의 얼굴이 일그러졌다.

허탈한 표정을 짓는 원생들도 있었다.

그들은 이번 일에 사활을 걸다시피 하고 있었다.

월반과 조기졸업이 걸려 있는 일이었다. 거짓말 하나 안 보태고 그들은 지난 한 달 넘게 제대로 잠을 잔 적이 거의 없었다.

"동영의 인자에 대해 알아낸 조가 있다면 역시 학 공자겠지?"

"제갈 소저의 조도 유력하지."

굳이 묻지 않아도 뻔했다.

사건이 조기에 끝났다면 그걸 해결할 사람은 학인준 아니면 제갈사란 둘 중 한 조가 유력했다. 그중에서도 특히 학인준이 알아냈을 가능성이 더 높았다.

　"자네 조는 뭐 좀 알아낸 거 있나?"

　"그랬으면 오죽 좋겠나? 부끄러운 얘기지만, 지난 한 달 넘게 허탕만 쳤네."

　"휴! 그건 우리도 마찬가지일세. 왜구들이 자주 출몰하는 곳에 가서 조사도 해봤지만, 아무것도 알아낸 것이 없어!"

　원생들이 서로의 얼굴을 쳐다보며 고개를 절레절레 흔들었다.

　"쩝! 이럴 줄 알았으면 그쪽 조에 끼워달라고 할 걸 그랬나?"

　교실은 시끌벅적했다.

　원생들은 오랜만에 만나 회포도 풀고 그동안 밀린 이야기도 나누었다.

　제갈사란이 부끄러운 표정으로 학인준에게 다가갔다.

　"학 공자님, 축하드려요."

　"무얼 말입니까?"

　"동영의 인자에 대해 알아내셨잖아요. 결국 마지막에 알아내신 모양이네요."

　제갈사란은 부러운 목소리로 말했다.

　누군가 동영의 인자에 대해 찾아냈다면 그건 학인준밖에

없다고 생각했다.

그들은 그날 남해에서 헤어져 각자 다른 곳을 조사하러 떠났다. 그때가 겨우 십 일 정도 남아 있을 때라서 솔직히 성공하지 못할 것이라 생각하고 조금 안심하고 있었다.

"두 가지 숙제를 다 푸셨나요? 이렇게 조기에 소집된 것을 보면 역시 두 가지 숙제를 다 풀었겠죠?"

"헛헛! 소생은 제갈 소저가 무슨 말씀을 하는지 모르겠군요."

학인준이 의아한 표정으로 웃었다.

"학 공자께서 동영의 인자에 대해 알아내신 것이 아니었나요?"

"저희는 아무것도 알아내지 못했습니다. 오히려 제갈 소저가 알아낸 것이 아니었습니까?"

"저희 조도 아무것도 알아내지 못했어요."

"예에?"

학인준은 틀림없이 제갈사란이 알아냈다고 생각했다.

하나 정말 귀신이 곡할 노릇이었다. 천하를 뒤져 보았지만 동영의 인자에 대한 정보는 단 하나도 얻을 수 없었다. 학인준은 동영의 인자가 중원에 들어온 게 맞긴 맞는 것인지 의문이 들 정도였다.

그때 교실 문이 열리고 담당 선생이 안으로 들어섰다.

순간 원생들이 자신의 자리에 앉았고, 교실은 조용하게 변했다.

"한 명도 빠짐없이 모인 것을 보니 반갑구나!"

빈자리가 보이지 않았다. 혹시나 조사를 하던 중에 사고를 당한 원생은 없는지 걱정하고 있던 참이었다.

"다들 소문을 들어서 알고 있을 것이다. 너희를 일찍 불러들인 건 더 이상 조사할 필요가 없었기 때문이다."

"선생님, 그럼 정말 동영의 인자가 중원에 거점을 틀고 있었다는 것입니까?"

"아니, 누가 그자들의 정보를 알아내기라도 했다는 말씀이십니까?"

여기저기서 질문이 쏟아져 나왔다.

그들은 지난 한 달 가까이 동영의 인자에 대해 조사해 봐서 알고 있었다. 교실에 모인 원생 중에 조금이라도 정보를 얻은 사람조차 없었다.

"너희가 생각한 대로다."

"말도 안 돼. 천하를 뒤져도 알아내지 못한 걸 무슨 수로 알아냈다는 거지?"

"도대체 누구야? 학 공자나 제갈 소저도 알아내지 못한 걸 누가 알아낸 거야?"

선생이 원생들의 얼굴을 한번 쓱 둘러보며 말했다.

"그건……."

그의 입에서 무슨 말이 튀어나왔고, 원생들의 눈은 더할 나위 없이 커졌다.

　화창한 오후였다.

　그리고 신록이 우거지고 있었다.

　서서히 여름이 다가오고 있다는 증거였다.

『왕후장상』 2권에 계속…

『궁귀검신』, 『장강삼협』의 작가 조돈형
그가 그려내는 새로운 이야기!

# 무림삼비(武林三秘)

천외천(天外天), 산외산(山外山), 루외루(樓外樓).

일외출(一外出), 군림천하(君臨天下)!
이외출(二外出), 난세천하(亂世天下)!
삼외출(三外出), 혈풍천하(血風天下)!

가문의 숙원을 위해, 가문을 지키기 위해
진유검, 무림의 새로운 질서를 세우다!

Book Publishing CHUNGEORAM

유행이 아닌 자유추구 -
WWW.chungeoram.com

무경 新무협 판타지 소설

暗帝歸還錄

암제귀환록

FANTASTIC ORIENTAL HEROES

마흔에 이르기도 전에 얻은 위명.
암제(暗帝).

무림맹의 충실한 칼날이었던 사내.
그가 무림맹 최후의 날에
모든 것을 후회하며 무릎을 꿇었다.

"만약 그때로 돌아갈 수 있다면……."

사내의 눈이 형용할 수 없는 빛을 토했다.

"혈교는 밤을 두려워하게 될 것이다!"

Book Publishing CHUNGEORAM

유행이 아닌 자유추구 -
WWW.chungeoram.com

현대백수 장편 소설

간웅

FUSION FANTASTIC STORY

**뇌성벽력이 치는 어느 날!**
고려 황제의 강인번을 들고 있던
어린 병사가 낙뢰를 맞고 쓰러졌다.

하지만‥ 다시 눈을 뜬 이는
현대 대한민국에서 쓸쓸히 죽은
드라마 작가 지망생.

**고려 무신 시대의 격변기 속에서 눈을 뜬 회생[回生].**
**살아남기 위해! 죽지 않기 위해!**
**그의 행보로 인해 고려는 서서히**
**변하기 시작하는데……**

치세능신 난세간웅(治世能臣 亂世奸雄)!

격동의 무신 시대!
회생, 간웅의 길을 걷다!

Book Publishing CHUNGEORAM

절정고수들이 하늘 높은 줄 모르고 질주하는 현 세상.
서른여덟 개의 세력이 서로를 견제하는 혼돈의 시대.

그 일촉즉발의 무림 속에
첫 발을 디딘 어린 소년.

"나는 네가 점창의 별이 되기를 원한다."

사부와의 약속을 지키고
난세로 빠져드는 천하를 구하기 위해
작은 손이 검을 들었다!

박선우 新무협 판타지 소설

풍운사일 FANTASTIC ORIENTAL HE

# 내일을 향해 쏴라

**김형석** 장편 소설

FUSION FANTASTIC STORY

1만 시간의 법칙!
'성공은 1만 시간의 노력이 만든다' 는 뜻이다.

그러나…
사회복지학과 복학생 수.
전공 실습으로 나간 호스피스 병동에서
미지와 조우하다.

1만 시간의 법칙?
아니, 1분의 법칙!

**전무후무한 능력이 수에게 강림하다!**
**맨주먹 하나로 시작한 수의**
**인생역전이 시작된다!**

Book Publishing CHUNGEORAM

www.chungeoram.com

한량 아버지를 뒷바라지하며
호시탐탐 가출을 꿈꾸던 궁외수.

어린 시절 이어진 인연은
그를 세상 밖으로 이끄는데…….

"내가 정혼녀 하나 못 지킬 것처럼 보여?"

글자조차 모르는 까막눈이지만,
하늘이 내린 재능과 악마의 심장은
전 무림이 그를 주목하게 한다.

"이 시간 이후 당신에겐 위협 따윈 없는 거요."

무림에 무서운 놈이 나타났다!

Book Publishing CHUNGEORAM

유행이 아닌 자유추구 -
WWW.chungeoram.com